앉은 자리에 풀 나게 살기

작고 사소한 것들

앉은 자리에 풀 나게 살기

작고 사소한 것들

안천엽 지음

문학여행

작가의 말

일과를 마치고 오늘도 밤 8시쯤 퇴근입니다.

늦은 저녁을 먹고 9시 뉴스를 잠깐 본 뒤 아내와 함께 학의천을 한 바퀴 돌아오면 밤 열 시가 넘습니다. 씻고 나면 열한 시 잠시 책을 읽거나 글을 쓰다가 잠자리에 듭니다. 날마다 반복되는 단조로운 일상입니다.

누군들 매일을 특별하게 보낼 수야 있을까만 아침에 출근해서 퇴근하고 잠자리에 들기까지 일상의 반복이 무료하기만 합니다. 어느 땐 이렇게 살아도 되는 건가 하는 자괴감이 들 때도 있고, 패기 넘치던 젊음이 속절없이 시들어간다는 생각에 서글퍼지기도 합니다. 삶의 주체가 내가 아닌 타의에 의해 마지못해 끌려가는 것 같은 느낌이 들 때도 있습니다. 또 어느 땐 다른 사람들은 모두 자신의 삶을 즐기며 행복하게 살아가는데 나만 그렇지 못한 것 같은 생각이 들기도 합니다.

하지만 그러다가도 여전히 씩씩하게 아침을 시작하고 일과에 열중하며 하루를 보냅니다. 날마다 좋은 생각만 하고 살면 좋겠지만 그렇지 못하는 게 또한 사람이기에 그렇습니다. 이따금 찾아오는 부정적인 생각들을 떨치고 삶에 활력을 불어넣어 다시 기운을 내서 살아가게 하는 힘의 원천은 무엇일까요?

생각해 보니 그건 어떤 특별한 일들이 아니라 일상의 아주 작고 사소한 것들 때문이 아닌가 싶습니다. 때가 되면 밥을 먹듯 날마다 마주하는 익숙하고 소소한 일상의 단면들 말입니다. 그것은 어쩌면 고단한 삶의 사이사이에 환하게 켜져 있는 불빛 같은 건지도 모릅니다.

일상의 작고 사소한 것들이란 게 말 그대로 별것은 아닙니다. 그저 누구에게나 있는 평범하지만 없어서는 안 될 것들이지요.

이를테면 하루를 보내며 나누는 아내와의 대화나, 퇴근 후 아내와 함께하는 산책이나, 아이들과 아내와의 대화를 모른 척 엿듣는 것이나, 가끔은 식구들과 토닥거리며 다투는 것도 그렇습니다. 친구들과 SNS를 하거나 계획 없이 만나 소주를 한 잔 하는 것, 책을 읽는 것, 사색하며 혼자 걷는 것, 이렇게 글을 쓰는 것도 모두 그런 것들의 범주에 속합니다. 이것 말고도 찾아보면 숱하게 많은 드러나지 않은 사소한 일들이 있을 테지요. 이런 작고 사소한 것들이 나를 지탱하고 내게 힘을 주며 내가 살아가는 이유일 겁니다.

살다 보면 그동안 소중하게 여기지 않았던 것들이 어느 날 문득 내게 없어서는 안 될 대상으로 다가오기도 합니다. 너무 작고 사소해서 의식조차 할 수 없는 일상들, 그것들이 언제나 나를 절망에서 일으켜 세우고 앞으로 나아가게 합니다.

세상을 움직이는 건 위대한 경전이나 사상만이 아니라 어쩌면 일상의 아주 작고 사소한 것들 때문인지도 모릅니다. 그런 사소한 것들이야말로 어떤 격려의 말이나 위로의 말보다 내게 힘이 되고 위안이 됩니다.

이 글을 쓰고 있는 시간, 건넌방에선 중얼중얼 딸아이의 공부 소리가 들려오고, 창밖에는 반쯤 차오른 상현달이 빙그레 웃으며 궁금한 아이처럼 방안을 엿보고 있습니다. 작고 사소하지만 내게는 보약 같은 시간입니다. 여러분들도 일상의 작고 사소한 것들을 소중히 생각하면서 삶의 여백을 멋지게 채워가시기 바랍니다.

2022년 가을 안양에서, 안천엽

차례

01
삶을 사랑하며

02
평범하게 행복하기

03
동행

06
변화는 다시 나를 깨우고

07
중용을 되새기며

01
·
삶을 사랑하며

찔레꽃의 말

한낮 때 이른 더위는 제 분수도 잊은 채 선불리 삼복 염천을 흉내 내고, 올해도 어김없이 찔레꽃은 밤하늘을 수놓는 뭇별처럼 천변의 풍경들을 아득하게 물들이고 있습니다. 매년 이맘때면 찔레꽃은 내게 속삭이듯 잘 지냈느냐며 안부를 묻습니다. 한 해 동안 겪은 숱한 일들을 재잘거리는 찔레꽃의 말들이 정겹습니다.

아련하게 밀려오는 찔레꽃의 향기를 맡으며 찔레꽃이 들려주는 말들을 생각해 봅니다. 누구나 찔레꽃 앞에서 얼굴빛이 환해지는 걸 보면 찔레꽃이 하는 말은 분명 아주 정다운 말이거나 격려의 말, 누군가를 칭찬하는 말이 틀림없습니다. 그렇지 않고서야 찔레꽃 앞에서 이렇게 속절없이 무장 해제되어 무너져 내릴 수는 없는 거지요.

시기나 질투, 남을 험담하는 말이라면 저렇게 고운 향기가 날 리 만무합니다. 하기야 한 해가 다 가도록 묵언수행 끝에 해탈의 경지에서 내놓는 말이니 큰 울림이 있는 건 당연한 일일 겁니다.

찔레꽃이 들려주는 말처럼 깊은 향기는 아니더라도 내가 하는 말에도 찔레꽃의 하얀 미소 같은 향기가 나면 좋겠습니다. 그동안 무심코 던진 내 가시 돋친 말들의 서슬에 얼마나 많은 이들이 생채기를 입었을까요. 내 이기적인 말들의 횡포에 얼마나 많은 이들이 참담함을 삼켰을는지요.

향기는 꽃의 언어입니다. 큰소리로 외치지 않아도 마음이 통하고, 멀리 있어도 따스함이 전해지는 침묵의 말입니다. 때로는 열 마디의 말보다 한 번의 침묵이 더 큰 여운을 남깁니다.

내가 하고 싶은 말들을 절제하고 남의 말을 경청하는 찔레꽃의 언어가 지금 내게 필요합니다. 살면서 말 때문에 생기는 온갖 생채기를 생각하면 침묵의 미덕이야 말해 무엇할까요.

찔레꽃은 침묵으로 말합니다. 찔레꽃이 그런 것처럼 나도 따뜻한 침묵의 언어로 누군가의 마음에 파문으로 다가가고 싶습니다.

나무의 삶

꽃들이 지천으로 피어 마음을 일렁이게 하고, 연두색 새순이 솟아나던 때가 불과 얼마 전인데 벌써 천변에 늘어선 나무들이 저마다 푸르름을 자랑하며 오월의 절정을 지나가고 있습니다. 짙은 향기로 자신의 존재를 과시하던 아까시꽃도 며칠 새 향기는 간데없고 볼품없이 시든 잔해들의 낙화가 세월의 덧없음을 느끼게 합니다.

천변을 걷다 문득 나도 저 푸른 나무들처럼 언제나 변함없는 진중함으로 살고 싶다는 생각을 해 봅니다. 바람이 불면 부는 대로 비가 오면 오는 대로 그저 묵묵히 제 삶을 사는 나무들이 부럽습니다. 땅속 깊이 뿌리 내린 나무들처럼 내 삶의 심지도 저렇게 깊고 단단했으면 좋겠습니다.

하루에도 수없이 마음의 동요를 일으키고, 별것 아닌 일에 조급하게 허둥대고, 툭하면 성내고 짜증 내는 내 모습에 비하면 저 나무들은 얼마나 속이 깊고, 사려 깊은 건지요.

세상일은 바라는 대로만 굴러가는 게 아니고, 투덜거린다고 되는 것이 아니라는 걸 누가 일러주지 않아도 나무들은 잘 알고 있습니다. 그저 주어진 형편에 따라 스스로 견디며 살아갑니다.

　누굴 탓하거나 책망하는 법 없이 순리로 살아가는 나무들의 삶, 나도 그 삶을 조금이라도 닮아 보길 바라봅니다.

　오늘따라 천변에 선 미루나무 그림자가 무척이나 긴 밤입니다.

삶을 사랑하며

내 나이 어느새 지천명을 지나 미상불 내리막길에 접어들었습니다. 이제 세월의 가속도가 붙어 시간의 빠름을 절감하게 되겠지요. 어제의 일처럼 선연했던 내 젊은 날들이 문득 떠오릅니다. 사오십의 나이가 내게는 오지 않을 것 같은 생판 모르는 남의 일처럼 생각하며 살던 때가 있었지요.

늙는다는 건 나와는 전혀 상관없고, 젊음은 내게 날마다 아침이 밝아 오는 것처럼 당연한 일이라고 생각하며 살던 때가 있었습니다. 하지만 돌이켜 생각해 보니 시간은 흐르는 물처럼 무심하여 젊음의 한때는 그리 길지 않았습니다. 항상 내 편에 서 있을 것 같은 젊음은 어느 겨를에 등을 보이고 돌아앉으려 합니다. 한결같기만 할 것 같았던 젊음에 속아 삶을 만만히 대하고 인생의 진지함에 소홀했으며 지극히 지엽적인 것에 휘둘려 큰 뜻을 꿈꾸지 못했습니다.

도전하는 것에 주저하고, 열정을 쓸데없는 곳에 쏟아 마음만 먹으면 무엇이든 할 수 있는 그 좋은 날들을 덧없이 허비하고 말았습니다.

이제 와 지난날들을 후회하는 것이 안타깝지만 그래도 나는 압니다. 아직은 내게 후회보다는 열정이 더 어울린다는 걸, 이제 막 인생의 반환점을 돌아 다시 새로운 시작일 뿐이라는 걸. 스치듯 빠르게 지나가는 내리막의 그 가속에 비례하여 내 삶도 미치도록 사랑하며 살아야 합니다.

친구에 대한 단상

'친구란 때로는 허물을 조언하고 차갑게 비판할 수도 있어야지 듣기 좋은 말만 하고, 보기 좋은 짓만 하는 것은 그냥 아는 사이일 뿐, 결코 친구라 할 수 없다'

이것은 친구에 대한 지금까지의 내 신념이었습니다. 하지만 이제 쉰을 넘겨 살아보니 이런 내 생각이 꼭 옳은 것만은 아니라는 사실을 깨닫게 됩니다.

『논어』에 "임금을 섬기는 데 간언이 잦으면 욕을 보게 되고, 친구를 사귀는데 조언이 잦으면 사이가 멀어진다."라는 말이 있습니다. 세상에 듣기 싫은 말을 좋아할 사람은 없다는 말로, 아무리 허물없는 사이라도 껄끄러운 말을 듣는 건 누구든 싫은 법이지요. 친구란 허물은 덮어주고 자랑은 들춰내 칭찬해주며 설사 누구도 인정하지 않는 견해와 행동에도 전적으로 공감하고 인정해주는 사람입니다. 매사 트러블메이커처럼 눈곱만한 허물조차 그냥 넘어가지 못하고 지적질하고 비판하며 뒷담화하는 건 친구에 대한 도리가 아닙니다.

무언가를 지적하고 비판한다는 건 은연중에 친구를 내 입맛에 맞게 바꿔보려는 심산입니다. 정작 결점 투성이인 자기는 고치려 들지 않고 친구만을 바꿔보겠다는 잘못된 생각이지요.

이웃을 잘 만나는 건 잠시 동안의 행복이고, 친구를 잘 만나는 건 평생의 행복이라는데 지금까지 이런 나를 친구로 둔 내 친구들은 참 불행했겠다는 생각을 해봅니다. 여태껏 자기도 어찌할 수 없어 되는대로 살았으면서 감히 친구를 고치려 들다니요.

아무 조건 없이 함께 평생을 동행하는 것이 친구라면 친구를 바꾸려 경거망동하기보다 그를 위해 이제는 나를 바꿔야 할 때일 것 같습니다.

걷기 예찬

녹음이 짙은 나무들 사이로 지친 듯 서 있는 가로등 길을 오늘도 습관처럼 걸어 돌아옵니다. 내가 처음 학의천 변을 걷기 시작한 것이 어언 십 년이 다 되었으니 이제는 천변에 늘어선 나무 한 그루, 풀 한 포기, 불어오는 산들바람조차 오래된 벗처럼 편안하고 낯익습니다. 일과를 마친 늦은 시간 집을 나서 천변을 한 바퀴 돌아오면 그제야 하루를 마감한 듯 편안한 마음으로 책을 읽거나 몇 자 끄적이다 잠자리에 들곤 합니다. 처음엔 단지 건강을 생각하여 걷기 시작한 것이 오래 하다 보니 걸으면서 느끼는 소소한 것들이 좋아서 이제는 무엇에 홀린 듯 저절로 집 밖을 나서게 됩니다.

나는 천변을 걸을 때 몸에 밴 철칙이 있습니다. 휴대전화는 소지하지 않고, 음악도 듣지 않습니다. 이 시간만큼은 모든 문명의 이기들과는 결별입니다. 먹고사는 일상의 절박함도 내려놓고, 그저 무념무상의 빈 마음으로 걷습니다.

걷다가 어둠 속에 펼쳐진 파란 하늘을 무심히 바라보기도 하고, 수줍은 듯 가뭇가뭇 보이는 뭇별들을 헤아려 보기도 하고, 나만 따라붙는 달에게 괜한 농지거리를 건네 보기도 하며 여울 징검다리 위에서 흐르는 물소리를 들으며 절벽같이 까마득한 생각들을 붙들어 깊이 사유하며 하루를 성찰해 봅니다.

하루 중 오롯이 혼자가 되는 시간, 일상의 부산함에서 벗어나 잠시 혼자가 되어 보는 것이 좋습니다. '혼자 있을 줄 모르는 불행'이라는 보들레르의 말처럼 어쩌면 혼자 걷는 이 길이 내게는 하루 중 가장 소중한 시간일지도 모르겠습니다. 생각의 격식도 필요 없이 적막에 길들여 아무렇게나 버려진 자유로운 영혼으로 오늘도 천변을 걸어 돌아옵니다.

가치 있는 일

누가 그럽디다. 먹고살기도 바쁜데 한가하게 글 쓰며 유유자적할 여유가 있어 좋겠다고, 듣기 좋게 말해 여유지 쓸데없이 시간 낭비하고 있다는 핀잔의 말이라는 걸 압니다. 이문 없는 이 짓을 왜 하는 건지 나도 이해가 잘 안 되기는 합니다. 그렇지만 내가 좋아서 하는 일이니 누구 눈치를 보거나 그리 나무랄 일은 아니라는 생각을 해 봅니다.

사람이 살아가면서 꼭 필요한 것만 하며 살 수는 없습니다. 사람들이 모두 해야 할 일만 하고 자기에게 유익한 것만 골라 한다면 사는 게 참 삭막하지 않을까요. 때로는 쓸모없는 것에 시간을 허비하기도 하고, 이룰 수 없는 일인 줄 알면서도 온 몸을 던져 무작정 매달려 보기도 하고, 바보짓을 하고는 후회도 하며 사는 거지요. 내가 쓰는 이 글들도 어쩌면 쓸모없이 시간을 허비하고 있는 건지도 모를 일입니다. 하지만 곰곰 생각해 보면 세상에 가치 없는 일이란 없습니다.

아무리 바보 같은 짓이나 멍청한 일이라 해도 지나 놓고 보면 작은 깨달음이라도 있기 마련이고, 다시는 그러지 말아야지 하는 반성의 기회가 되기도 할 테니까요. 당장은 가치 없어 보이더라도 오랜 시간이 지난 후엔 꽤 의미있는 일이 되어 있기도 합니다.

언젠가 누구든 어김없이 맞닥뜨릴 시간 앞에서 너무도 허무한 인생의 공허를 조금이라도 덜기 위해 나는 오늘도 가치 없는 일, 아니 가치 있는 일에 이렇게 시간을 쏟고 있는 거지요.

마친남(마누라 친구의 남편)

마누라는 부러운 듯 툴툴거렸습니다. "내 친구는 이번 생일 선물로 남편에게서 명품백을 선물 받았다며 좋아하더라, 그 친구 남편은 어쩌면 그렇게 능력 있고 마누라에게 잘 하는지…."

나는 짐짓 진지한 목소리로 "그리 부러우면 까짓것 나도 사 줄 수 있지."라고 큰소리는 쳤지만, 마음속으로는 설마 진짜 바라고 말하는 건 아니겠지 하는 쪼잔한 마음이 드는 게 사실입니다.

지키지도 못할 흰소리를 한 것은 '마친남'에 대한 은근한 질투심과 내 무능력을 감추려는 허세의 말에 불과합니다. 이럴 때 나는 솔직히 내 능력의 초라함과 빈약함을 깨닫게 됩니다.

마친남들은 모두 어디에 내놓아도 손색없는 명품들입니다. 어느 한 군데도 흠잡을 수 없는 무결점의 완벽한 존재이고, 나와는 도저히 비교가 되지 않는 능력의 소유자입니다. 돈을 잘 버는 것은 기본이고, 아이들에게 자상하고, 마누라에게는 늘 세심하게 배려하여 모든 기념일을 챙겨주는 것은 물론 집안의 사소한 것까지 알아서 척척 해주는 세상에 둘도 없는 멋진 남자입니다.

마친남의 위대한 전설을 듣고 있노라면 세상에서 가장 못난 놈이 바로 내가 아닐까 생각에 주눅이 듭니다. 그래도 슬그머니 그도 인간인데 어찌 한 군데의 흠도 없는 완전한 존재일 수 있을까 하는 질투심이 가미된 의문에 휩싸이게 됩니다.

마친남이 위대한 건 어쩌면 화려한 포장 때문일지도 모릅니다. 화려한 겉 포장 뒷면은 나와 별반 차이가 없고 오히려 나보다 단점이 더 많을 수도 있습니다. 물론 마누라에게 명품백을 선물한 것만 보더라도 대단한 능력의 소유자는 맞습니다. 그것 하나만으로도 마친남의 위대함은 인정합니다.

하지만 아무리 생각해도 허점투성이의 인간이 어찌 조금의 오류도 없는 존재일 수 있을까 생각이 드는 건 사실입니다. 더구나 저 까탈스러운 마누라들에게 온전히 인정받는다는 건 불가능에 가까운데 말입니다.

어쩌면 마친남들은 마누라들의 구전에 의해 신화적 존재로 격상되어 잘 포장된 기획상품으로 현실에서 통용되고 있는 건지도 모릅니다. 이 글을 쓰고 있는 나도

우리 마누라의 친구들에게는 또 다른 마친남일지도 모를 일이지요. (물론 어림도 없는 일이겠지만)

어쩌다 내가 애먼 마누라 친구의 남편을 이렇게 깎아내리려 애쓰고 있는지 참 딱하기 그지없습니다. 차라리 나도 저 위대한 마친남의 근처에라도 한번 가봐야 하는 건 아닌지 모르겠습니다.

그러려면 우선은 마누라에게 명품백을 선물해야 하는데….

이십 년이 지나도록 가족을 위해 고생한 마누라에게 그깟 명품백이 무슨 대수일까만 솔직히 좀 부담이 되는 건 사실입니다.

행복

살다 보면 불쑥불쑥 스쳐 가는 생각들이 있습니다. 나는 행복한가? 지금 이 순간 나는 진정 행복한가? 행복의 기준은 어디이며 무엇이 행복의 척도인가?

늘 행복과 친해지려 애쓰지만 안개속에 스며든 풍경처럼 행복은 언제나 막연하고 미묘합니다. 당연하지요, 행복은 그림자를 드리우고 서 있는 저 미루나무같이 실체가 있는 형이하의 영역이 아니기 때문이지요.

눈에 보이는 것이라면 무슨 수를 써서라도 손에 넣으면 되겠지만 그럴 수도 없습니다. 그럼 어떻게 해야 할까요? 어떻게 해야 행복할 수 있을까요? 도리 없지요, 그냥 내버려 두는 수밖에 욕망의 그물로는 파랑새를 잡을 수 없습니다.

그렇다면 가차 없이 그물을 찢는 수밖에 없지요. 파랑새를 향한 끝없는 욕심과 번뇌를 작파하는 거지요.

가령 힘든 난관에 부딪쳤을 때는 그것을 해결하고자 몰두하는 것보다 오히려 잠시 한 걸음 뒤로 물러나 모든 걸 내려놓고 타인의 입장에서 바라보면 쉽게 통찰에 이르기도 하는 것처럼 그렇게 욕망을 내려놓는 거지요. 그렇게 무심히 마음을 비우는 겁니다. 욕망의 그물을 걷어내야 파랑새도 거리낌 없이 내게로 오지 않을까요. 아니지요. 파랑새는 이미 내게로 와 눈부신 자태를 뽐내고 있는데, 욕망의 그물에 가려 미처 발견하지 못하는 건 아닐는지요.

산

아내와 함께 관악산을 다녀왔습니다. 휴일에 무료할 때면 집을 나서 국기봉까지 갔다가 돌아오거나 계곡물에 발 담그고 앉아 이런저런 이야기를 하며 쉬다가 오곤 합니다. 집 가까이 이런 좋은 산이 있다는 건 참 행복한 일입니다. 아무 때나 계획 없이 낮이든 밤이든 찾아갈 수 있으니 얼마나 좋은지 모릅니다. 즐거울 땐 즐거워서 찾고, 슬플 땐 슬퍼서 찾아가는 산은 무심한 듯 언제나 나를 반겨줍니다.

뉘라서 이런 시도 때도 없는 방문을 한결같은 마음으로 반겨줄까요. 누가 있어 이렇게 내 무료함을 무시로 달래줄 수 있을는지요.

산은 항상 거기에 있습니다. 마치 내가 오기를 기다리기라도 하듯 제자리를 지키고 있습니다. 산의 듬직함은 언제나 고단한 내 마음에 힘이 되어 줍니다. 산처럼 나도 가끔 지친 누군가에게 어깨를 내어 주기도 하면서 살면 좋겠습니다.

나는 지혜로운 사람을 좋아하지만, 산처럼 인자하고 믿음직한 사람이 더 좋습니다. 무슨 일이 있어도 자기 말에 책임을 지는 사람, 언제나 변함없는 진중하고 솔직한 사람이 좋습니다. 나도 살아가면서 내가 한 말들을 미처 실행하지 못하고 약속을 저버린 적이 많습니다. 이제라도 꼭 실천할 수 있는 말들만 하려고 애를 쓰고 있지만, 아직도 무심결에 허언을 하고 있는 나를 보면 부끄러운 생각이 듭니다.

『논어』위정편에 보면 자 왈, "사람이 믿을 만한 점이 없다면 그 사람이 할 수 있는 일이란 거의 없을 것이다. 이를 수레에 비유하자면, 큰 수레에 소를 연결하는 데 중요한 역할을 하는 끌채가 없거나 작은 수레에 말을 연결하는 데 중요한 역할을 하는 고삐고리가 없다면 그것이 어떻게 앞으로 나갈 수 있겠는가?" 라고 합니다.

살면서 작은 약속들을 어기게 되는 경우가 많습니다. 그런 작은 것들이 모여 '나'라는 이미지가 만들어집니다. 내 이미지가 불신의 존재로 남에게 비친다면 내가 할 수 있는 일은 아무것도 없을 겁니다.

다른 건 몰라도 '저 사람은 하늘이 무너져도 신의를 지키는 사람'이라는 믿음만은 저버리지 말아야 합니다. 사람이 신의를 잃는다는 건 모든 것을 잃는 것과 같기 때문입니다.

관악산이 억겁의 세월을 변함없이 그 자리를 지키는
건 어쩌면 깨어지지 않는 믿음 때문인지도 모릅니다.

여든을 넘긴 나이에도

얼마 전 동문 모임 겸 산행이 있어 친구들을 만나고 왔습니다. 고등학교 동창들이니 벌써 삼십 년이 넘은 친구들입니다. 두세 달에 한 번씩 정기적으로 만나거나 아니면 보고 싶을 때 언제든 만날 수 있는 친구들이지만 아직도 만남을 앞두고는 마음이 설레곤 합니다. 그 긴 세월을 봐 왔으면 이제는 지겨울 만도 할 텐데 그래도 여전히 기다려지고 만나면 시간 가는 줄 모르니 알다가도 모를 일입니다.

옛말에 "옷은 새 옷이 좋고 친구는 옛 친구가 좋다"는 말이 이래서 나온 말인가 봅니다. 산행 중에 어떤 친구가 그랬습니다. 우리들이 언제까지 건강하게 만나서 이렇게 즐거운 시간을 보낼 수 있을까? 하구요. 전철을 타고 집으로 돌아오면서 그 친구가 한 말에 대해 생각해 보았습니다. 쉰 중반을 앞둔 우리가 만날 수 있는 시간이 얼마나 남아 있을까요. 이십 년 아니면 삼십 년, 글쎄요 건강하다면 지금처럼 자주 만나지는 못하더라도 적어도 삼십 년 가까이는 볼 수 있지 않을까 하는 생각이 들었습니다. 물론 그사이에 삶의 여건들이 어떻게 바뀌어 있을지는 아무도 알 수 없겠지만 말이지요.

삼십 년 후 여든이 넘은 그때를 생각해 봅니다. 일흔이나 여든의 나이에도 지금처럼 여전히 아무 때나 보고 싶을 때 볼 수 있는 여건이 되어 있으면 얼마나 좋을까요. 그때도 지금처럼 여전히 친구들을 만나는 것에 설렘과 그리움을 간직하고 산다면 얼마나 좋겠습니까. 어찌어찌하여 설령 아주 멀리 떨어져 살거나 깊은 오지에 살게 되더라도 때 되면 계절이 바뀌듯 문득문득 그리운 얼굴로 남아 하다못해 일년에 한두 번이라도 설레는 마음을 안고 찾아오는 친구가 있다면 얼마나 좋을까요.

멀리서 찾아오는 친구 때문에 소풍을 앞둔 어린아이처럼 잠 못 드는 밤을 맞이하는 것, 상상만으로도 참 즐거울 것 같습니다. 삶의 격정을 내려놓고 고요한 여백처럼 하얗게 세어버린 백발을 마주하며 조곤조곤 옛 추억을 이야기하는 밤은 또 얼마나 아름답겠습니까.

누구나 그렇듯이 세월이 갈수록 곁에 있는 사람들은 하나둘씩 떠나가기 마련이고 어쩔 수 없이 쓸쓸함이 친구가 되어버리는 늘그막에 만남을 손꼽아 기다리는 친구가 있다면 세상 부러울 게 무엇이 있을까요. 기다림이 깊어 그리움이 될 즈음 복권에 당첨이라도 되는 것

처럼 내 앞에 나타나는 그런 친구 하나쯤 있다면 얼마
나 좋겠습니까. 여든을 넘긴 나이에도 말입니다.

초이레 달빛은 황연한데 친구들이 무척이나 그리워
지는 밤입니다.

02
·
평범하게
행복하기

겸손

요즘 들어 자꾸만 느끼게 되는 것이 있습니다. 내가 너무 무지하다는 사실입니다. 반백을 넘겨 살았지만, 그저 먹고살기 위한 얄팍한 지식 이외 아는 게 별로 없다는 생각이 듭니다. 하기야 아직도 삶이 뭔지도 모른 채 허겁지겁 살고 있으니 모르는 것 투성이인 게 당연하지요.

그동안은 내가 무지하다는 사실조차 인지하지 못하고 살았으니 매사 짧은 지식으로 아는 체하고 겸손을 잊었습니다. 늦었지만 지금이라도 깨달아 다행입니다. 평생 내 무지를 모르고 살아간다면 얼마나 불행한 일일까요.

'무지의 지'라는 말이 있습니다. 내가 무지하다는 것을 아는 지혜라는 말로 소크라테스가 한 말입니다. 대부분의 사람들은 자신이 아주 많은 것을 안다고 생각하며 살아갑니다. 하지만 의외로 사람들은 무지합니다. 다만 그것을 알아차리지 못하고 살아갈 뿐이지요. 위대한 철학자인 소크라테스가 이런 말을 할 정도였으니 우리 같은 범부들이야 오죽할까요.

요즘 사람들은 모두 모든 것을 다 아는 것처럼 행동합니다. 내 생각이 모두 옳은 것이라 생각하며 살아갑니다. 진실한 앎의 근원은 내가 아무것도 알지 못함을 깨닫는 것에서부터 비롯됩니다. 내가 무지하다는 걸 아는 사람은 결코 남에게 내 옳음을 주장하지 않습니다. 다만 겸손할 뿐이지요. 겸손은 내가 무지하다는 것을 아는 지혜가 있는 사람에게서 나오는 것입니다.

젊을 땐 열정과 패기가 겸손을 압도하더라도 별로 흠이 되지 않지만 늙어서는 무엇보다 겸손이 미덕이어야 합니다. 내 나이 어느덧 쉰 중반을 바라봅니다. 이제는 내 자신이 무지하다는 사실을 깨달아 스스로를 낮추어야 할 때입니다. 나이 들어 교만한 것처럼 볼썽사나운 일도 없을 테니까요.

멋지게 나이 들기

'오늘 안 하고 내일도 안 하니 마흔에도 한 것이 없다.
쉰부터 쇠약해진다. 쇠약이 쌓여 늙고, 늙음이 누적
되면 죽는다. 그래서 군자는 죽을 때까지 이름이 일컬
어지지 않음을 미워한다고 하는 것이다.'

조선 후기 학자 강필효의 어록에 나오는 말입니다.
그 쇠약해진다는 쉰을 넘긴 지가 몇 해이고 보니 자꾸
만 조바심이 생기는 건 어쩔 수가 없습니다.

젊을 때에는 젊음만으로도 향기를 발산하지만 나이
가 들어 열정이 식고 육신이 시들해지면 자칫 추해지기
십상입니다. 그럴수록 더욱 내 영혼을 풍요롭게 하는
시간을 가져야 하는데 허송세월이니 말입니다. 명망을
떨치기는 고사하고 다만 아름답게 나이들어 가기라도
했으면 좋으련만 그것도 거저 되는 게 아닙니다. 남자
는 나이를 먹는 게 아니라 멋이 드는 것이라는 누군가
의 말처럼 멋지게 나이 드는 일이 걱정입니다. 내가 만
약 멋지게 늙어간다면 그건 순전히 내 영혼이 만들어낸
것일 텐데 나는 지금 내 영혼을 아름답게 가꾸고 있는
지 모르겠습니다. 따스한 시선으로 세상을 바라보며 살

고 있는지 의문입니다. 부디 현실에 너무 매몰되지 말고 낭만을 간직한 채 나이 들면 좋겠습니다.

오늘 안 하고 내일도 안 하니 쉰에도 한 것이 없고 여든을 넘겨 그러다 세상에 머물렀다는 흔적조차 없이 스러질까 두렵습니다. 이제 쉰 중반을 바라보니 하루가 다른 것 같고 생각 또한 구태스러워지는 걸 느낍니다. 그럴수록 책을 가까이하고, 여행도 하며 나를 위한 시간을 가져야 하는데 일상에 쫓겨 그것도 그리 쉬운 일은 아닙니다. 멋지게 나이 든다는 건 어쩌면 늙어서도 철없는 낭만을 이야기하고 현실과 동떨어진 생각을 하는 역설일지도 모릅니다.

'시, 아름다움, 로맨스, 사랑 이런 것들이 우리가 살아가는 이유'라고 영화 〈죽은 시인의 사회〉에서 키팅 선생이 그랬듯이 늙어서도 시를 쓰고, 아름다움을 갈망하고, 로맨스를 꿈꾸며 그렇게 멋지게 나이 들어가면 좋겠습니다.

마누라를 사랑한다는 건

또 한 해가 가고 새해가 밝았습니다. 내게 해가 바뀌는 것이 기쁘지 않게 된 건 이미 오래됐습니다. 이제는 나이 한 살 먹는 일이 천근의 무게로 다가옵니다.

지난 일요일 친구들과 송년모임을 가졌습니다. 만날 시커먼 남자들만 만나다가 오랜만에 부부동반으로 친구들을 만나니 분위기가 더할 나위 없이 달달하고 좋았습니다. 이번 모임을 하면서 내 눈길을 사로잡는 K라는 친구가 있어 이 글을 씁니다.

모임 내내 유난히도 아내를 살뜰히 챙겨주던 K, 어쩌면 주위의 시선을 의식해서 그랬을 수도 있겠지만 몸에 익은 듯 아주 사소한 것까지도 아내를 배려하는 모양이 꼭 그런 것만은 아닌 듯 보였습니다. 그동안 동반모임을 셀 수 없이 가졌지만, K의 그런 모습을 전혀 느끼질 못했었는데 그날따라 그 모습이 눈에 들어왔습니다.

남들이 보는 앞에서 다정하게 마누라를 챙겨주는 건 마초적 기질에 어긋나는 것이라고 생각하며 살아왔었는데 그런 모습이 눈에 들어왔으니, 이제서야 철이 드는 건지 아니면 세상을 바라보는 눈이 달라진 건지 알 수는 없지만, 아무튼 그날은 K 때문에 나를 돌아보는 기회가 되었습니다.

"세 사람이 길을 가면 그중에 반드시 내 스승이 있다"는 말이 있듯이 그날 K에게서 얻은 교훈은 돈을 주고도 살 수 없으니 이번 송년모임에서 K는 내게 스승이나 다름없다는 생각을 해 봅니다.

그동안 나는 마누라를 사랑하는 방법을 모르고 산 것 같습니다. "악마는 디테일에 있다"는 서양 속담처럼 정작 문제는 큰일이 아니라 세밀한 것에 있다는 걸 모르고 살았습니다. 모든 마누라들은 마초가 아니라 아주 작고 사소한 것을 배려해주는 다정다감한 남자에게 마음을 움직이고 감격해한다는 사실을 미처 알지 못했습니다.

스물 몇 해를 살아 보니 마누라를 사랑한다는 건 황홀한 사랑의 세레나데도 값나가는 명품 브랜드도 아니고 목숨을 거는 비장함은 더욱 아니더라 그저 밥 먹고 난 뒤 마누라 모르는 새 설거지를 해치우고 잔소리가 녹음처럼 들리기 전에 집안을 쓸고 닦는 것, 세탁기가 묵언에 들기 전에 빨래를 넣어 주고 아무 때나 고맙다는 말 들려주는 게 마누라를 사랑하는 것이더라.

- 졸시 「마누라를 사랑한다는 건」 전문

마누라와 스물 몇 해를 살아 보니 마누라를 사랑한다는 건 별다른 게 아니라 그저 부지런히 집안일을 거들어 주는 것이더라는 깨달음에 이런 시를 썼습니다. 그렇지만 마누라들은 집안일을 거들어 주는 것보다 더 작고 사소한 것들을 챙겨주고 신경 써주는 것에 감동한다는 걸 이번 송년 모임에서 알게 되었습니다.

　한 해를 마무리하는 자리에서 친구에게 큰 선물을 받은 것 같아 이번 세밑은 어느 때보다 마음이 넉넉해집니다. 새해는 우리 마누라 어깨 위에 내려앉은 작은 티끌조차 사랑해야겠다는 다짐으로 시작해보렵니다.

친구

혹한을 무릅쓰고 지난 일요일 친구들과 신년맞이 산행을 다녀왔습니다. 친구들 각자 개별적인 만남이나 아니면 소모임들을 통해서 만남을 유지하고 있겠지만 그렇지 않은 친구들은 한 해가 가도록 얼굴 한번 보기가 쉽지 않으니 해가 바뀌는 걸 핑계 삼아 이렇게라도 만남의 시간을 가지는 게 좋을 것 같아 이번 겨울 들어 가장 춥다는 한파에도 불구하고 다녀오게 되었습니다.

영하 18도의 강추위에 산행을 하자고 바람을 잡는 사람이나 그 말에 맞장구치며 호응하는 친구들이나 모두가 똘끼(돌아이 끼)가 있는 정신 나간 부류들 아니냐며 누군가 웃으며 말합디다만 듣고 보니 틀린 말은 아닌 것 같습니다.

산에 미친 건지, 친구에 미친 건지 아니면 두 가지 모두에 미친 건지 알 수는 없지만, 무언가에 미쳐 정신이 나간 건 맞는 것 같아 나도 따라 웃으며 그래도 행복하다는 생각이 들었습니다. 혹독한 추위에도 불구하고 용감하게 산행에 동행해 준 친구들이 그렇고, 피치 못할 사정이 있어 이번엔 함께하지 못했지만 언제라도 기꺼이 동행할 친구들이 있다는 게 그랬습니다. 이렇게 아무 때나 보고 싶을 때 볼 수 있는 친구들이 있다는 건 얼마나 큰 행복인지요! 아무런 이유 없이 그냥 무작정 보고 싶은 친구가 곁에 있다는 게 얼마나 큰 축복입니까!

친구란 어쩌면 서로에 대한 중독인지도 모릅니다. 서로의 향기에 취해 헤어나지 못하고 잠시 못 보면 금단 현상으로 풀이 죽어 있다가도 보고 나면 언제 그랬냐는 듯 생기를 되찾는 지독한 중독 말입니다. 이번 산행에 친구들이 동행한 것도, 또 대부분의 사람이 온갖 이유로 모임을 만들어 사람들을 정기적으로 만나는 것도 어쩌면 서로에 대한 중독을 해소하기 위한 방편일 것 같습니다. 길가에 아무렇게나 핀 이름 없는 풀꽃도 제 향기로 주변을 물들이는데 하물며 사람이야 말해 무엇할까요.

생텍쥐베리의 『어린왕자』에서 여우가 말했지요. "무언가를 길들인다는 건 곧 진정한 관계를 맺는 일이다." 사람에게는 누구나 자기만의 향기가 있습니다. 서로의 향기에 온전히 길들여질 때 비로소 진정한 친구가 된다는 가르침이지요.

평생을 살며 내 향기에 중독된 친구가 단 한 명이라도 있다면 그것으로 충분히 나는 의미 있는 삶을 산 게 아닐까요?

새해를 맞아 부산을 떨던 때가 엊그제인데 벌써 첫 달이 다 지나가고 있습니다. 올해는 맑은 향기로 친구들의 마음을 온통 물들여봐야겠습니다.

어머니

　살을 에던 바람의 기세가 한풀 꺾여 온화해진 걸 보니 봄이 오려나 봅니다. 이맘때면 늘 걱정되는 것이 있습니다. 설을 쇠었으니 올해 여든넷 되신 어머니의 감기 때문입니다. 일 년에 한두 번은 빠뜨리지 않고 연례 행사처럼 겪는 일이어서 환절기만 되면 걱정이 앞섭니다.

　요즘 감기가 지독한 것도 있지만 연세가 드니 쉬 낫지 않아 큰 고통을 겪고 나서야 겨우 추스르게 되어 그때마다 대신 앓아줄 수도 없으니 그저 안타까운 마음뿐입니다. 작년 가을엔 두어 달 가까이 기침에 목이 잠기고 얼굴까지 부어올라 무척이나 고생했었던 기억이 납니다. 올봄엔 제발 그냥 넘어갔으면 좋겠는데 또 독감이 유행이라니 걱정입니다.

　엊그제 안부 전화를 드렸더니 집 옆 공원에서 운동 중이라며 전화기 너머 목소리가 씩씩해서 나도 덩달아 기운이 났습니다. 연세에 비해 크게 아픈 데가 없어 얼마나 큰 다행인지 모릅니다. 몇 년 전 무릎 연골이 닳아 인공관절 수술을 한 것 말고는 병원 신세를 진 적 없이 건강하시니 얼마나 고마운 일인지요.

　지난 설에 옛이야기를 하다가 무심코 내 어릴 적 얘기

를 꺼내셨는데, 내가 병치레를 하게 되면 초등학교 4학년이나 되는 나를 들쳐업고 몇 날 며칠 읍내 병원까지 삼십 리 길을 걸어 다니셨다는 이야기를 들었습니다. 나는 까마득히 잊고 있었는데 어머니의 말을 듣고 보니 그때 기억이 어렴풋이 나는 것도 같습니다.

초등학교 4학년의 덩치를 업고 먼 길을 다니시느라 멀쩡했던 어머니의 무릎이 다 닳아졌을 테지요, 팍팍한 살림살이를 건사하기 위해 하루가 멀다 하고 무거운 짐을 이고 지고 먼 길을 오가셨을 테니 무릎이 온전할 수가 있었을까요. 지금 어머니의 무릎이 모두 닳아 없어진 건 순전히 내가 그렇게 만든 것일 테지요.

무릎이 다 닳아 없어지도록 나를 키우셨으니 이제는 내 무릎이 닳도록 어머니를 봉양해 드려야 하는데, 자주 찾아뵙는 건 고사하고 기껏해야 가끔 문안 전화나 드리고 생활비나 몇 푼 보내 드리는 게 고작입니다. 아무리 시대가 바뀌고 풍습이 바뀌었다 해도 부모님을 봉양하는 건 천륜이니 바뀔 수가 없습니다. 그렇지만 이제는 어쩔 수 없이 시대의 변화에 따라 그저 자식 된 도리로 의무처럼 부모님을 봉양하는 시대가 되었습니다.

『논어』위정편에 보면, 공자의 제자인 자유가 부모님께 효를 어떻게 할 것인지에 대해 묻자 공자가 말했습니다. "지금 효를 이야기하는 사람들은 부모님을 잘 봉양하는 것만을 가리키는 경향이 있다. 그렇지만 개나 말조차도 모두 사람들이 기꺼이 돌봐주고 있으니 만약 부모님에 대한 공경하는 마음이 없다면 부모님을 봉양하는 것이 개나 말을 돌보는 것과 무슨 구별이 있겠는가?"

공자는 부모님을 봉양하는 것보다 공경하는 마음을 상위의 개념에 두었습니다. 공경하는 마음이 없는 봉양은 그저 허례허식에 불과하고 공경하는 마음을 가지면 효는 저절로 따라오는 것이니 무엇보다 마음이 중요하다는 말입니다. 남들 눈이 무서워 떠밀리듯 하는 부모님의 봉양은 개나 말을 돌보는 것과 무엇이 다르냐는 반문입니다.

내 주변에는 이미 때를 잃어 부모님께 효도하고 싶어도 못해 뒤늦게 후회하는 사람들이 많습니다. 거기에 비하면 이렇듯 건강하게 곁을 지켜주시는 어머니가 계시니 나는 얼마나 행복한 일인 건지요. 비록 일상이 바쁘다는 핑계로 자주 찾아뵙지는 못하지만 그래도 공경하는 마음으로 어머니를 돌봐 드리는 것이 그나마 나중에 후회를 덜 하는 일이겠지요.

머지않아 꽃잎 난분분하는 어느 좋은 봄날 어머니와 데이트나 해야겠습니다. 재미있는 영화 한 편 보고, 맛있는 점심 한 끼면 기꺼이 받아주실 것도 같은데 말입니다.

어느 한쪽으로 치우침 없이

잔인한 4월이 지나갔습니다. 모임이다 행사다 해서 과음을 하고 무리를 한 탓인지 장염에 걸려 근 2주 가까이 기운을 차리지 못했습니다. 잘 먹지도 못하는 데다 매년 환절기 때 연례행사처럼 치르는 비염까지 겹쳐 잠을 제대로 자지 못해 견디기 힘든 시간이 지나가고 있습니다.

날마다 하던 운동은 엄두도 내지 못하고 저녁이면 비실대며 눕기 바쁘다가 오늘에야 학의천을 한 바퀴 걷고와 이 글을 씁니다. 글을 쓰려는 생각이 드는 걸 보니 이제 조금은 생기가 돌아오려나 봅니다.

먹고 싶은 것을 마음 놓고 먹을 수 없다는 게 얼마나 큰 괴로움인지 배탈이 나서 앓아보니 알겠습니다. 처음 며칠은 죽만 먹다가 이제는 밥을 먹을 수 있지만, 아직도 밀가루 음식이나 자극적인 건 입에 대지 못하고 있습니다. 술은 당연히 쳐다보지도 못합니다.

좋지도 않은 술을 그렇게 마셔대니 몸에 이상이 생기는 건 당연합니다. 아무리 좋은 것도 지나침은 미치지 못한 것과 같은데 몸에 이로울 리 없는 술을 무슨 원수 진 듯 먹으려 하니 문제가 생기지 않으면 그게 더 이

상합니다. 술을 먹더라도 적당히 했더라면 이런 곤란을 겪지 않았을 텐데 자제하지 못한 탓에 이런 사달이 났습니다.

술을 먹는 일에도 과하거나 부족함이 없는 중용의 도리가 필요한 것 같습니다. 모든 괴로움의 근원은 언제나 지나친 욕심 때문입니다. 자연에 깃들어 살아가는 온갖 생명들은 과욕을 부리지 않지요. 나무나 풀들은 욕심을 내는 법이 없습니다. 밤하늘의 달도 적당히 차면 스스로 제 몸을 비워냅니다. 흐르는 물은 앞서가는 걸 다투지 않습니다.

욕심을 부려 끝없이 괴로움을 자초하는 건 오직 인간뿐입니다.

그건 어쩌면 우리가 짊어지고 가야 할 숙명인지도 모릅니다. 매사에 한쪽으로 치우침이 없이 살 수만 있다면 얼마나 좋을까요.

하긴 그러지 못하니 사람이겠지요.

벌써 피곤이 몰려옵니다. 아직 온전하지 못한 몸 상태가 보내는 기별입니다. 오늘은 그만 잠자리에 들어야겠습니다.

가을을 맞으며

유난히도 무더웠던 8월의 분주함이 지나가고 기별도 없이 문득 가을이 찾아왔습니다. 8월 한 달을 거르지 않고 계속된 폭염 탓에 올가을은 여느 해 보다 불어오는 바람이 더 시원하게 느껴집니다.

그리도 위세를 부리던 무더위도 시간의 위력 앞에선 어쩔 수 없었나 봅니다. 아무리 큰 곤란도 다 지나가기 마련이라는 말을 실감했던 여름 한 철의 폭염을 버텨내고 맞이하는 가을이 무척이나 반갑습니다.

잠 못 드는 긴 열대야에 몸이 쇠하고 기력은 약해졌지만 그래도 이런 무더위가 있어 곡식이 익어가고 열매가 열리는 풍성한 가을을 맞을 수 있다는 생각을 하면, 그리 불평만 늘어 놓을 일도 아닙니다. 일 년 중 꽃 피는 봄이나 시원한 가을만 있으면 좋겠지만 그러면 곡식이나 열매도 열리지 않을 테니 지구의 자전축을 살짝 비틀어 놓아 계절이 바뀌도록 설계한 조물주의 치밀함에 새삼 경이를 느낍니다.

한 알의 열매가 여물려면 타는듯한 가뭄도 견뎌야 하고, 무서운 태풍에도 쓰러지지 않고 버텨야 비로소 결실을 맺을 수 있습니다.

장석주 시인도 「대추 한 알」이라는 시에서 이렇게 말했지요. '저게 저절로 붉어질 리 없다… 저게 저 혼자 둥글어질 리는 없다/ 저 안에 초승달 몇 날이 들어서서/ 둥글게 만드는 것일 게다'

  그렇습니다. 저 작은 대추 한 알도 저 혼자 붉어질 리 없습니다.
  대추 한 알이 붉어지고 둥글어지기까지는 수없이 많은 인고의 세월을 견뎌야 합니다. 그래야 붉고 둥근 온전한 대추 한 알로 완성되어집니다. 작은 대추 한 알도 그럴 진데 하물며 사람이야 말해 무엇합니까.
  『맹자』'고자장구'에 보면 "하늘이 장차 그 사람에게 큰 사명을 내리려 할 때는 반드시 먼저 그의 심지를 괴롭게 하고, 뼈와 힘줄을 힘들게 하며, 육체를 굶주리게 하고, 그에게 아무것도 없게 하여 그가 행하고자 하는 바와 어긋나게 한다. 마음을 격동시켜 성질을 참게 하므로 그가 할 수 없었던 일을 더 많이 할 수 있게 하기 위함이다." 맹자의 이 말을 우리가 흔히 쓰는 말로 바꾸면 '세상은 거저 되는 일이 없다'는 말일 겁니다. 모든 결말은 반드시 과정이 있는 법입니다. 고통이 깊을수록 성취의 단맛은 진합니다.

대추 한 알의 붉은 빛깔은 태풍 몇 개, 천둥 몇 개, 번개 몇 개의 흔적입니다. 고난이 없이 이루어지는 건 없습니다. 설사 있다 하더라도 그건 허상에 불과하고 곧 신기루처럼 사라집니다. 고통을 일부러 사서 할 필요는 없겠지만 그렇다고 피할 이유도 없습니다.

피할 수 없다면 즐기라는 말도 있지 않습니까? 여름 한철 무더위의 고통을 견디고 맞이하는 올가을엔 무언가 좋은 일이 생길 것만 같은 느낌이 듭니다.

가을바람이 시원하고 상쾌합니다. 시원한 바람 한 줄기가 이렇게 큰 행복인 줄 예전엔 미처 몰랐습니다. 오늘은 그냥 이 가을의 정취에 빠져들고 싶은 날입니다.

원시(遠視)

요즘 들어 자꾸만 눈이 침침해지는 것 같아 걱정입니다. 작은 글씨를 볼 때 나도 모르게 거리를 맞추게 되고 비슷한 글자를 혼동해 다시 확인하고는 합니다. 이를테면 사람이 사랑으로 보이고 벌이 별로 보이는 식이지요. 돋보기를 껴야 하지만 한번 사용해서 익숙해지면 다시는 멀리할 수 없을 것 같아 아직은 선뜻 결정을 못하고 있습니다.

시간이 좀 더 지나 도저히 안 될 때가 오면 그때는 하는 수 없이 껴야겠지만 아직은 마음이 허락하지 않습니다. 나만 그런지 몰라도 돋보기를 끼면 왠지 진짜 늙은 이가 된 것 같은 느낌이 들어서 말이지요. 나이를 먹어 눈이 나빠지는 건 자연스러운 현상이지만 그동안 큰 불편 없이 지내왔는데 부쩍 시력이 약해지는 것 같아 자꾸만 신경이 쓰입니다.

하기야 그동안의 세월이 얼마인가요. 육십갑자가 되돌아오도록 살았으니 이제 그럴 때도 되었지요.

아련하지만 나도 한때는 아주 작은 글씨나 멀리 있는 것도 선명하게 보이는 때가 있었습니다. 그때가 엊그제 같은데 어느덧 머리는 파뿌리가 되고 환갑을 바라보는 나이가 되었습니다. 그동안 나름대로 열심히 살아왔다고 자부하지만 돌이켜 생각해 보니 그간에 지나온 삶의 궤적이 너무도 미약해 때로는 허망한 생각이 드는 것도 사실입니다.

'산다는 게 다 그런 거니 자신에게 실망하지 말라'는 어느 유행가 가사도 있지만 그래도 맘먹으면 무엇이든 할 수 있는 젊은 날에 세상을 좀 더 멀리 바라보고 더 치열하게 살았어야 했는데 그러지 못해 후회가 됩니다. 하지만 다시 한편으로 생각해 보면 비록 평범한 소시민으로서 성공이라는 단어와 척진 삶을 살았지만 나름대로는 잘 살아왔다는 생각이 들기도 합니다.

꼭 대단한 명망가로 사는 것만이 성공한 삶은 아니니까요. 평범하지만 가정을 꾸리고 아이들 키우며 큰 과오 없이 주어진 일에 최선을 다해 살아가면 그게 바로 성공한 삶이지 않을까 스스로를 위로해 봅니다. 물론 아쉬운 면이 없진 않지만 말입니다.

어찌어찌하다 보니 어느새 눈도 침침해지고 기력도 약해지는 나이가 되었습니다. 나이를 먹어 눈이 흐려진다는 건 그동안 밖으로 향했던 시선을 안으로 돌려 이제는 가까이에 있는 사람을 바라보라는 조물주의 뜻이 아닐까요. 찬란했던 젊음의 뒤안길에서 돌아와 이제는 가장 가까이에 있는 사람의 소중함을 곱씹어 보라는 의미인 거겠지요. 오늘은 아내에게 그동안 인색했던 말 한마디 넌지시 건네봐야겠습니다.

대청소를 하고 나서

가을비가 내리는 휴일 오후입니다. 오전에 볼일을 보고 돌아와 집 안 대청소를 부탁하는 아내의 미션을 완수하고 모처럼의 여유를 즐기며 커피를 마십니다. 비 내리는 날씨가 가을의 진수를 보여 주려 작정한 듯 창문 넘어 멀리 보이는 천변의 풍경이 수채화처럼 아름답습니다.

대청소를 한 뒤 화초에 물을 주고 베란다 먼지까지 말끔히 씻어 내니 내 마음조차 산뜻해지는 기분이 듭니다. 휴일 황금 같은 시간에 대청소라니 혹여 내가 여성 호르몬이 넘치는 나이가 돼 그러는 건 아닌지 오해는 말기 바랍니다. 사랑하는 아내를 위해 힘든 가사를 대신 해치우겠다는 마초적 기질 때문이라고 이해해주면 좋겠습니다.

오늘처럼 이렇게 대청소를 하듯 가끔 일상의 묵은 때에 찌든 내 마음도 말끔히 씻어낼 수 있다면 얼마나 좋을까요. 먹고 사는 일이 바쁘다는 핑계로 정작 소중한 것에는 매번 소홀하게 됩니다. 살아가는 데 기본인 먹는 것과 마음을 풍요롭게 하는 것에 우선순위를 매길 수는 없지만 굳이 말하자면 사람이기 때문에 먹는 일만큼 마음을 가꾸는 것도 중요하다는 생각이 듭니다.

요즘은 배고픈 소크라테스보다 차라리 배부른 돼지가 되겠다는 게 트렌드라고 누군가 말합디다만, 무릇 인간의 삶이 어찌 먹고 싸는 원초적 본능에만 몰두하며 살 수 있겠습니까. 깊이 있는 철학적 사유는 아니더라도 제 나름의 사상과 생각에 대해 치열하게 고민하며 사는 것이 자기 삶에 대한 최소한의 예의가 아닐는지요.

얼굴에 묻은 때는 거울에 비춰 보면 됩니다. 하지만 마음에 앉은 허물은 보이지 않으니 그래서 책도 읽고, 여행도 가고, 좋은 음악도 들으며 마음의 허물을 비춰 보는 거지요. 오늘 내가 집 안을 대청소하고 나서 느끼는 이런 산뜻한 카타르시스도 어쩌면 마음의 허물을 씻어내는 한 방편일지도 모릅니다.

청소를 끝내고 무료함을 달래려다 잠시 허튼 생각에 잠겨 보았습니다.

평범하게 행복하기

어젯밤에 있었던 일입니다. 전기밥솥 플러그를 뽑는다는 게 그만 냉장고 플러그를 뽑아 밤새도록 냉장고 작동을 멈추게 하는 어이없는 실수를 해 아내에게 아침부터 지청구를 듣고 도망치듯 출근길에 나섰습니다.

요즘 툭하면 아내에게 '하는 짓이 서툴다'고 잔소리를 듣습니다. 지난번엔 아침에 출근하며 대문을 닫지 않고 나가 도대체 정신을 어디에 두고 다니는지 모르겠다고 핀잔을 듣기도 했습니다. 내 딴에는 잘한다고 하는 것이 어쩌다 보면 실수가 생기고 아내 보기에 영 미덥지 못한가 봅니다.

모든 일에 완벽한 사람이 있을까만 나이 탓인지 그전 같으면 실수 없이 무난히 넘어갈 것도 자꾸만 일을 그르치게 되고, 사고를 치곤 합니다. 『1cm+』의 김은주 작가는 "완벽한 사람에게서는 경외를 느끼고, 서툰 사람에게서는 호감을 느낀다"라고 했습니다만 아내에게는 전혀 통하지 않는 말인 것 같습니다.

아내에게서 서툰 것으로 호감을 얻기를 기대한다는 건 아마도 첫사랑의 열정을 되살리는 것만큼이나 난망한 일일지도 모르겠습니다. 아내에게 남편은 슈퍼맨처럼 매사 모든 일을 똑부러지게 잘 처리해 주는 사람이어야 하는데, 만날 실수를 저지르고 수습하기 바쁘니 체면이 말이 아닙니다.

언젠가 아내는 "신혼 초에는 당신이 하는 말들이 무조건 다 옳은 줄로만 알았었는데 살면서 보니 그게 아니더라"라고 했습니다. 오래 함께 살수록 믿음과 신뢰를 주는 관계가 되어야 하는데 그렇지 못하니 난감합니다. 그렇지만 한편으로 생각해 보면 매사 완벽한 것이 꼭 좋은 것만은 아니라는 생각도 듭니다. 물론 그렇게 하면 좋기야 하겠지만 살면서 모든 일들을 한치의 오차도 없이 물 흐르듯 해치운다면 사는 게 무슨 재미가 있겠습니까.

산다는 게 끝없는 과오와 실수의 반복이라고 한다면 실수를 하고 사고를 내는 것은 어쩌면 당연한 일인 거지요. 그런 실수나 잘못을 정상으로 되돌리기 위한 행위, 그게 바로 사는 게 아닐까요.

아내에게서 잔소리를 듣는다는 건 아직도 내게 관심이 있다는 말이고, 그건 당연히 누려야 할 행복의 범주에 아직도 내가 속해 있다는 뜻이기도 하다고 긍정적으로 생각해야지요.

나는 특별한 행복을 바라지 않습니다. 애초에 특별한 행복은 존재하지도 않지만, 그저 누구나 느끼는 평범한 행복이면 족합니다. 나는 특별한 행복을 바라지 않듯 불행할 특별한 이유도 없기를 바랍니다.

러시아의 대문호 톨스토이의 장편소설 『안나 카레니나』는 첫 문장을 이렇게 시작합니다. "행복한 가정은 모두 엇비슷하지만 불행한 가정은 각기 나름의 이유로 불행하다." 행복한 가정은 특별한 이유가 없어도 그냥 행복한데 불행한 가정은 항상 무언가 특별한 이유가 있다는 말로 여기서 '안나 카레니나의 법칙'이라는 말이 나왔습니다.

불행할 나름의 이유가 없는 것처럼 행복한 일도 없습니다. 내가 사소한 실수를 저지르거나 아내에게 잔소리를 듣는 건 불행할 이유가 아니라 그저 행복의 범주에서 일어나는 작은 현상일 뿐입니다. 그런 무수히 작은 현상들은 평범한 행복을 유지시키는 힘이 됩니다. 나는 그 속에서 행복을 가꾸며 살아가는 거지요. 특별함이 아니라 그저 평범하게 말입니다.

초이레 밤이 깊어가고 있습니다. 오늘 밤도 평범한 행복을 꿈꾸며 잠자리에 듭니다. 그나저나 이제는 정신줄 놓지 말고 아내에게 점수를 좀 따야 할 텐데….

03
·
동행

딸에게

대학에서 응급구조학과를 전공한 채영이가 대학 졸업을 앞두고 있습니다. 1급 국가자격증 시험을 과 수석으로 합격하고 이제 그동안 몸담았던 둥지를 떠나 힘찬 날갯짓으로 세상으로의 항해를 시작하려 합니다. 처음 응급구조학과를 선택했을 때 "앞으로 사람의 생명을 구하는 것을 사명으로 생각하며 살겠다"라고 했던 채영이의 말이 생각납니다. 부디 그런 초심을 잃지 말고, 굳은 신념으로 사람의 생명을 살리는 일을 천직으로 생각하고 전념하길 바랍니다.

세상에는 수많은 일들이 있지만, 그중에서도 사람의 생명을 살리는 것처럼 숭고하고 성스러운 일은 없습니다. 더구나 응급을 필요로 하는 사람은 한순간의 처치에 따라 생사가 갈리니 더더욱 그렇습니다. 그러니 항상 아주 고귀한 일을 하고 있다는 자부심을 가지고 부디 내 안위와 이익보다는 타인을 먼저 생각하는 이타적인 삶을 살면 좋겠습니다.

응급구조는 어떤 상황에서도 생명을 꼭 살려내겠다는 소명 의식과 희생정신이 없으면 절대 할 수 없는 일입니다. 나도 채영이가 그런 일을 하게 된 걸 칭찬하고 응원합니다. 그동안 공부하느라 무척이나 고생했을 채영이에게 어깨를 두드리며 격려의 말을 전하고 싶습니다.

한 번도 가보지 않은 인생이라는 바다는 항상 잔잔하고 평화롭지만은 않을 겁니다. 때로는 작은 바람이 불기도 하고, 또 어느 땐 거센 비바람이 몰아쳐 인생이라는 배가 격랑에 휩쓸릴 때도 있을 겁니다. 하지만 그런 걸 이겨내고 앞으로 나아가야 합니다.

바다가 위험하다고 배가 항상 항구에만 정박해 있다면 아무 소용없는 것처럼 인생이라는 배는 모든 위험을 감수하더라도 바다로 나가야 하는 게 숙명입니다. 그러니 혹시 좌절이나 절망이 있더라도 반드시 다시 일어나 씩씩하게 앞으로 나아가길 바랍니다.

첫 항해를 앞둔 채영이에게 아빠의 바람을 여기에 몇 자 적어 봅니다. 앞으로의 삶에 지표가 되면 좋겠습니다.

나는 너에게 바라지 않는다.

명망을 떨치길 바라지 않는다.

다만 네가 하고 싶은 것을 열정을 가지고 하는 사람이 돼라.

네가 하는 것이 비록 아무도 알아주지 않는 소용없는 것이라 하더라도 네 마음속에 불꽃 같은 열망이 있다면 그것은 가치 있는 일이다.

가장 행복한 삶은 진정으로 하고 싶은 것을 하며 사는 것.

네가 하는 일이 네 가슴을 뛰게 한다면 그것보다 더한 행복은 없다.

너는 행복을 구하지 마라, 구해서 얻어지는 것은 행복이 아니다.

행복은 이미 네 안에 있으니 너는 그저 그것의 주인이 되는 것뿐이다.

부끄러운 삶

우물쭈물하다가 바라지 않는 나이만 한 살 더 먹은 갑오년 새해. 이제까지 살아온 내 삶의 이력을 가만히 돌이켜보니 비록 크고 작은 부침은 있었지만 큰 굴곡 없이 평탄하게 살아 온 것 같습니다. 좋게 말하면 평온하게 살아왔다는 것이고, 나쁘게 말하면 그저 그런 삶을 살았다는 뜻이지요. 그저 그런 삶의 본보기는 그 누구도 아닌 내가 살아온 삶의 궤적에 다름 아닙니다.

시대의 조류에 순응하고, 세상에 대한 포효 없이 움츠러든 소심함으로 대열의 끝자락을 힘겹게 쫓아가며 그 무엇에도 목숨 걸고 싸워본 적 없으며 공공을 위해 헌신한 적은 더더욱 없는 참 한심하기만 한 것이 내 삶의 이력입니다. 비록 남에게 손벌리지 않고 피해 주지 않는 최소한의 결격사유 없는 삶을 살아왔다고는 하지만 그것만으로 과연 잘 살았다고 말할 수 있을까요. 이렇게 살아온 것을 너무 자책하거나 자신을 비하할 필요는 없지만, 어딘가 모르게 허전하고, 뭔가 아쉬움이 마음 한편에 웅크리고 있는 걸 느끼게 되는 건 아주 쉬운 일입니다.

명망을 떨치고 성공 가도를 달리며 사는 것이 결코 잘 사는 것은 아닐 텐데, 한낱 이름 없는 촌부로 자신의 삶에 충실하며 사는 것도 의미 있는 일이고, 삶에 대한 깊은 사유 없이 단순하고 소박하게 사는 것 또한 살아가는 한 방편이지만 그것만으로 인생을 잘 살았다고 말할 수는 없습니다.

　잘 산다는 건 비단 나만을 위한 삶이 아니라 남을 위해 헌신하는 행복을 누리며 사는 것인데, 나는 단 한 번이라도 남을 위해 내가 가진 작은 것이라도 내어놓은 적이 있는가, 나보다 못한 누군가를 위해 그 흔한 동정이라도 베푼 적이 있었나 생각해 봅니다.

　기껏 가족의 울타리에 얽매여 동동거리느라 세상의 한 귀퉁이를 쓰다듬을 마음의 여유조차 없이 살았으니 안타깝게도 나는 이제껏 그저 그런 부끄러운 삶을 살아가고 있었던 거지요.

　새해부터는 부디 나만을 위한 삶이 아니라 남과 더불어 사는 아름다운 삶을 살아갈 수 있기를 다짐해봅니다.

사랑

둘째 딸아이가 고등학교 졸업 기념으로 부산 여행을 다녀와 고서점 골목에서 사왔다며 아주 오래된 시집 한 권을 내밀었습니다. 류시화 시집 『외눈박이 물고기의 사랑』인데 1996년에 초판이 나왔으니 이십 년도 더 된 시집입니다. 류시화 시인은 나도 좋아하는 시인인데다 언젠가 시를 읽었던 기억이 나 딸아이의 선물이 반갑기도 하고, 경황이 없는 와중에도 아빠를 생각하는 딸아이의 마음이 전해져 오는 것 같아 흐뭇했습니다.

시 「외눈박이 물고기의 사랑」은 사랑의 본질에 대해 생각하게 하는 시입니다. 시를 읽으며 전에 읽었던 때와는 사뭇 다른 느낌이 드는 건 아마도 그동안 많은 일을 겪으며 무수히 흘러간 세월 때문일까요. 그때는 내게 사랑이라는 것이 그즈음의 나이만큼이나 얇고 가벼워서 그랬는지도 모르겠습니다. 물론 지금도 진짜 사랑이 어떤 건지 모르고 살기는 마찬가지입니다.

아니 솔직히 사랑이란 자체가 뭔지 지금도 잘 모릅니다. 그때나 지금이나 사랑을 모르는 건 매한가지인데 시에 대한 느낌이 다른 건 무엇 때문일까요? 가만히 생각해 보니 그건 사랑의 얇음이나 가벼움 때문이 아니라 어쩌면 아직도 간직한 지고지순한 사랑이 세월이 지나며 때가 탔기 때문이 아닐까 하는 생각이 듭니다.

순수하고 아름다운 사랑에 대한 막연한 환상이 나이가 들어가며 옅어진 것이 이유이겠지요. 그래도 지금까지는 사랑의 무늬 정도는 어렴풋이나마 안다고 생각하며 살았었는데 류시화 시인의 「외눈박이 물고기의 사랑」을 읽으며 나는 아직도 사랑이라는 말의 의미조차 몰랐다는 걸 깨닫게 됩니다.

'우리에게 시간은 충분했다 그러나/ 우리는 그만큼 사랑하지 않았을 뿐'이라고 시인은 말합니다. 충분한 시간만큼 변함없이 사랑하며 사는 일이 과연 가능한 일일까요. 그렇지만 시인은 그렇게 살고 싶다고 말합니다.

사랑은 변하는 것이라고, 그게 당연한 거라고 다들 말하지만 시인은 변함없이 한 사람만을 사랑하고 싶다고 말하고 있습니다.

'혼자 있으면/ 그 혼자 있음이 금방 들켜 버리는/ 외눈박이 물고기 비목처럼/ 목숨을 다해 사랑하고 싶다'고 말입니다. 사람이 어찌 외눈박이 물고기 비목처럼 그렇게 사랑할 수 있겠습니까.

　그렇지만 평생을 같이 붙어 다니지는 못해도 목숨을 다해 사랑하진 못하더라도 저 밤하늘의 별처럼 가슴속에 늘 한 사람을 간직하고 사는 것도 참 아름다운 일일 겁니다. '두눈박이 물고기처럼 세상을 살기 위해/ 평생을 두 마리가 함께 붙어 다녔다는' 저 외눈박이 물고기처럼 말입니다.

인상(1)

내가 일하고 있는 자동차 숍에 많은 손님이 다녀가지만, 오늘은 그중 한 분의 이야기를 해보려 합니다.

그 손님께서는 전에도 한번 다녀가셨는데 그때는 안양에 살다가 지금은 경기도 시흥으로 이사를 해서 이쪽으로 오기가 쉽지 않다고 하며 수리를 맡기셨습니다. 시흥에서 안양까지는 꽤 떨어져 있고 손님이 거주하고 있는 집 근처에서 수리를 해도 될 텐데 먼 거리를 전에 왔었다는 이유로 굳이 일부러 다시 찾아오신 거지요. 너무 감사하다는 생각이 듭니다.

내 일터를 찾아오신 손님들께는 모두 정성을 다해야 하지만 그분께서는 멀리에서 일부러 찾아오셨으니 더욱 정성을 쏟아야겠다는 생각이 들었습니다.

수리를 마치고 자동차를 찾으러 오셨을 때는 아내 분이랑 같이 오셨는데 수리비를 지불하며 손님께서 아내 분에게 "전에 왔을 때 사장님 인상이 너무 좋아서, 그게 기억에 남아서 시흥에서 여기까지 왔다"라고 했습니다. 물론 결과에 만족하셨기 때문에 다시 오셨겠지만 내 인상이 좋아서 다시 오게 되었다는 말도 그냥 듣기 좋으라고 하는 말은 아닌 것 같아 기뻤습니다. 내가 오랫동안 이 일을 하면서 가장 좋을 때가 이렇게 인상이 좋다는 말을 들을 때입니다.

손님들께 이 말을 들으면 솔직히 수리비를 받지 않아도 괜찮겠다는 생각이 들 정도로 기분이 좋습니다. 물론 칭찬 한마디로 수리비를 대신할 손님이 계실 리 만무하지만 그 말을 들으면 정말 뛸 듯이 기쁩니다.

손님들께서 가장 중요하게 여기는 건 적정한 가격에 일을 믿고 맡길 수 있는 것인데, 인상이 좋다는 말은 일단 믿고 신뢰할 수 있겠다는 의미의 다른 표현일 것 같습니다. 특히 서비스업에 종사하는 사람에게 인상이 좋다는 말은 무엇보다도 최고의 찬사입니다.

그렇다고 내가 인상을 좋게 하기 위해 일부러 표정을 밝게 지어 손님께 보여 준 것도 아니고, 그저 생긴 대로 손님을 대했을 뿐인데 그렇게 보아주니 정말 고마울 따름입니다. 손님들께 그런 말을 들을 때마다 그래도 내가 살아오면서 너무 각박하게 살지는 않았나보다 하는 안도의 마음이 들기도 합니다.

지금까지 살아오며 남들 마음을 아프게 했다면 내 얼굴 어딘가에 그런 삶의 흔적이 남아 결코 좋은 인상을 주지는 못했을 텐데, 그렇지는 않은 것 같아 참 다행입니다.

　나는 잘생긴 얼굴과는 거리가 멉니다. 어쩌겠습니까! 이제는 그런 것에 초월할 나이, 그저 착하고 성실하게 살다 보면 나이가 들어 얼굴에 윤기가 없어지고 주름이 깊게 파여 더 볼품이 없어지더라도 선한 인상은 간직하게 되겠지요.

　간혹 주변에서 연세를 많이 드셨지만 아주 좋은 인상으로 맑은 미소를 간직한 채 늙어가는 어르신들을 보게 됩니다. 그런 어르신들을 뵈면 설사 모르는 사이라 할지라도 저절로 존경심이 우러나오고 어떻게 하면 저렇게 좋은 인상으로 늙어갈 수 있을까 생각하게 됩니다. 그건 아무래도 그동안 살아온 선한 삶의 영향력이 누적되어 당신도 모르게 그렇게 된 것이겠지요. 남에게 해를 입히지 않으려는 착한 생각들이 오랜 숙성의 과정을 거쳐 그런 이미지를 만들었을 겁니다.

　나이가 들어서도 어린아이같이 해맑은 표정을 간직하며 살 수 있다면 얼마나 좋겠습니까. 꽃이 언제나 아름다운 향기로 환하게 주변을 물들이는 것처럼 말입니다.

좋은 생각, 좋은 글

친구 L이 오래전에 건강에 이상이 생겨 병원에 입원해 있을 때 있었던 일이라며 들려준 이야기입니다. L은 다인실에서 치료를 받고 있었는데 같은 병실에 있는 환자를 돌보는 어떤 여자 보호자가 있었답니다. 그런데 그 여자의 행동이 안하무인에다 남에 대한 배려가 전혀 없이 이기적이어서 L은 참 이상한 사람이라는 생각이 들어 같은 병실에 있으면서도 가까이하기가 꺼려지곤 하더랍니다. 하지만 그렇다고 병실을 옮길 수도 없는 노릇이고, 자신이 상관할 일도 아니어서 그럭저럭 같이 보내다가 어느덧 그 환자는 완쾌하여 퇴원을 하게 되었답니다.

퇴원하는 날, 그 여자는 병실에 있는 환자들 모두에게 무슨 책을 한 권씩 나눠주면서 하는 말이 자기는 시인인데 이 책은 자기가 쓴 시집이라면서 읽어보라고 했답니다.

L은 얼떨결에 시집을 받았지만, 선물을 받으면서 그렇게 뒷맛이 개운하지 않은 적은 처음이었다며 웃었습니다. 그러면서 그런 심성을 가진 사람에게서 과연 좋은 시가 쓰일 수 있을지 궁금하다고 했습니다.

L의 말을 들으며 나는 괜히 내가 그런 것처럼 민망해 몸 둘 바를 몰랐습니다. 나도 그렇지 않았을까 하는 생각 때문에 말입니다. 글을 쓴다는 건 그 글에 대한 책임까지도 져야 한다는 것입니다. 사람이 하는 모든 일에는 책임이 따르게 마련이지만 특히 글을 쓰는 일은 더구나 그렇습니다. 아무리 좋은 미사여구로 글을 쓴들 글쓴이의 삶이 거기에 미치지 못하면 그건 한낱 겉치레의 수사에 불과합니다.

하다못해 하루의 기록을 적는 단 한 줄의 일기를 쓰면서도 진정성이 있어야 하듯 아무리 하찮은 글이라도 그 글의 무게는 가늠할 수 없을 정도로 무거우니 쓰는 것 못지않게 쓰고 난 뒤가 더 중요합니다. 그동안 글을 쓰면서 정작 마음을 가꾸는 일에 소홀했다면 좋은 글이 쓰여질 리 만무하고 설사 좋은 글이 쓰인들 무슨 소용이 있겠습니까. L의 말을 들으며 내가 부끄러움을 느꼈던 이유입니다.

좋은 글은 좋은 생각을 바탕으로 해야 힘이 있습니다. 때 묻지 않은 순수함에서 깊은 울림이 있는 따뜻한 글이 나오는 건 당연합니다. 마음이 고우면 거기서 나오는 생각들도 당연히 아름답습니다.

어떤 사람이 내가 쓴 글을 읽고 그동안 좋은 느낌을 갖고 있었는데 실제의 나를 보고 그런 느낌이 깨어져 버린다면 얼마나 황당한 일이겠습니까.

어쩌면 내가 느끼지 못하는 사이 그런 일들이 수없이 일어났을지도 모를 일입니다. 좋은 생각은 좋은 글보다 힘이 셉니다. 좋은 글을 쓰는 것보다 우선 좋은 생각을 가져야 하는 이유입니다.

한 사람을 위한 글

가뭄으로 갈라진 대지의 속살을 매만져 주는 단비가 내리던 지난 주말 친구들 모임이 있어 안산을 다녀왔습니다. 4호선 중앙역 근처에서 모임을 하고 카페에서 커피를 마시며 이런저런 이야기를 나누는데 문득 안산에 사는 친구 K의 아내가 내게 "시를 한 편 써 줄 수 있겠느냐"라고 말했습니다. 친구 아내의 갑작스러운 부탁에 나는 선뜻 대답을 못 하고 집으로 돌아왔습니다.

시라는 게 마음을 먹는다고 그냥 쓰이는 것도 아니고, 또 친구의 아내를 위한 시는 어떤 시가 되어야 할지 가늠이 안 되니 시를 부탁하는 친구 아내의 말에 쉬이 대답을 할 수 없었습니다. 그런데 집으로 돌아와 잠자리에 들었는데 그 말이 자꾸만 떠올라 나는 밤새 뒤척이며 깊은 잠을 자지 못했습니다. 그러다가 급기야 이른 새벽에 잠자리를 털고 일어나 「아포가토」라는 제목의 시 한 편을 쓰게 되었습니다.

4호선 중앙역 근처 카페에서
아포가토를 먹다가 문득
그녀가 내게 한 청탁,
-시 한 편 써 주세요

-농담이 아니라 정말로

비싼 아포가토를 대접 받았으니
마음 같아서는 그 고마운 청탁을 들어 주고 싶지만
느리게 먹어야 제맛을 알 수 있는
아포가토 같은 달콤한 시를 쓸 자신이 없어
시원스레 대답하지 못하고
야박한 미소만 지어 보였어요

쌉쌀함과 달콤함이 섞인
아포가토의 미묘한 조화가
오래 된 매너리즘을 일거에 청산하고
미세한 감각들을 깨우고 있네요
그래도 아직은 좀 더 생각해 봐야겠어요

아이스크림에 에스프레소를
끼얹어 먹는 아포가토!
혀끝에 닿으면 저절로 환해지는
그런 시를 쓰기가 어디 쉬운 일인가요

아무래도 그런 시는
기대하지 않는 게 좋겠어요
나는 도저히 쓸 수가 없네요

진한 에스프레소 커피에 스민
바닐라 아이스크림 같은 그녀가
이미 한 편의 시인 걸요

- 졸시 「아포가토*」 전문

* 아포가토 : 바닐라 아이스크림에
진한 에스프레소를 끼얹어 내는
이탈리아의 디저트.

    우선 친구 K의 아내에게 좋은 시가 아니어서 죄송하다는 말을 전합니다. 가만히 생각해 보면 시 한 편을 써달라는 친구 아내의 말이 마음이 쓰여 내가 밤을 뒤척인 건 아마도 내가 쓴 글에 관심을 가진 것에 대한 고마움 때문이었을 겁니다. 내가 쓴 글에 관심을 가지는 사람이 있다는 건 행복한 일이지요. 세상에 그런 사람이 단 한 사람이라도 있다는 게 얼마나 큰 행복입니까!

    내가 그 사람을 위한 글을 쓰기 위해 날마다 밤을 지새운다 해도 그건 무엇보다 가치 있는 일이 아닐까 생각해 봅니다.

    문득 『여씨춘추(呂氏春秋)』에 나오는 백아절현(伯牙絶絃)의 고사가 생각납니다.

    중국 춘추전국시대 거문고에 능한 백아가 살았습니다. 백아에게는 자신의 음악을 정확하게 이해하고 항상 즐거운 마음으로 들어 주는 절친한 친구 종자기가 있었습니다. 그런데 종자기가 갑자기 병으로 세상을 등지자 너무도 슬픈 나머지 그토록 애지중지하던 거문고 줄을 끊어 버리고 죽을 때까지 다시는 거문고를 켜지 않았다는 너무도 유명한 고사이지요.

아마도 종자기가 죽지 않았다면 백아는 평생을 종자기를 위해 기꺼이 거문고를 켜며 행복했을 겁니다. 자기를 알아주는 사람이 없어져 버린 뒤에 느꼈을 백아의 절망이 어땠을까요? 분신과도 같은 거문고 줄을 끊을 때의 심정을 오늘을 사는 내가 어떻게 가늠할 수 있겠습니까.

요즘처럼 각박하고 모든 것이 빠르게 돌아가는 시대에 깊은 사유와 고독의 산물인 시에 관심을 가진다는 게 얼마나 고마운 일인지 모릅니다. 나는 오늘도 내 글을 읽는 한 사람을 위해 옅은 필력으로나마 글을 씁니다. 비록 보잘것없는 글이지만 공감하는 한 사람을 위해 밤을 새우는 일에 주저하지 않겠습니다. 그는 나를 춤추게 하는 힘의 원천이고, 어쩌면 내가 사는 이유일지도 모르기 때문입니다.

그나저나 내가 쓴 시 한 편이 부디 그녀의 마음에 들면 좋겠는데….

독작한담(獨酌閑談)

　퇴근 후 저녁을 먹으며 반주 한잔을 했습니다. 전에는 밖에서의 잦은 술자리 와중에도 꽤 자주 저녁을 먹으며 소주를 마시곤 했었는데 이제는 집에서 하는 혼술은 되도록 하지 않으려 합니다. 한때는 남들에게서 굉장히 술이 세다는 말을 들은 적도 있었고 애주가를 자처하기도 했었습니다. 하지만 지금은 그런 이미지를 반납한 지 오래됐습니다.

　술이 몸에 전혀 이로울 게 없다는 자각 때문이기도 하지만 나이가 들어가며 술을 삭히는 능력이 약해지니 어쩔 수 없습니다. 오늘처럼 이렇게 술 생각이 나면 소주보다는 와인으로 한 두잔 하는 걸로 족합니다. 한창때는 와인 같은 약한 술들은 술이라 생각하지도 않아 거들떠보지도 않았었는데 이제는 부드럽고 목 넘김이 좋은 술들이 좋아지니 나이가 들긴 드나 봅니다.
　이런 말을 하니 어떤 이는 내 연배가 엄청 높은 걸로 생각할 수 있을 것도 같네요. 저보다 연배가 높으신 분께서 혹 이 글을 본다면 송구합니다만 제 나이 이제 고작 오십 대 중반입니다. 무슨 오십 대가 칠십을 넘긴 늙은이 같은 엄살을 부린다고 타박할는지도 모르겠지만

여하튼 젊고 늙음을 떠나 술은 적당히 마시는 게 좋은
건 분명합니다. 하지만 누군들 그걸 모를 리 있을까요.
다만 실행에 옮기는 게 쉬운 일이 아닌 거지요.

『채근담』에 이런 말이 있습니다. "늘그막에 앓는 병은
모두 젊을 때 불러들인 것이다. 쇠망할 때 받은 죄업은
모두 왕성할 때 지은 것이다." 젊고 건강할 땐 평생 늙
고 병들지 않을 줄 알고 제 몸을 마음대로 다루게 되지
요. 젊을 때 절제하지 못하고 함부로 했던 것들의 결과
는 늘그막에 나타납니다.

사람들은 잘나갈 땐 안 될 때를 생각하지 못합니다.
왕성할 때는 반드시 쇠망할 때를 생각하는 지혜를 가져
야 하는데 대부분은 그것을 생각하지 않습니다.

헤겔의 『법철학 요강』에 보면 이런 말도 있습니다.
"미네르바의 부엉새는 어둠이 내려야 비로소 날개를 펴
고 난다." 미네르바는 로마신화에 나오는 지혜의 여신
입니다. 헤겔이 말하고자 한 것은 어떤 사건이 종결되
기 전에는 그 사건을 판단하기가 어렵다는 겁니다. 지
혜의 여신은 대낮(사건의 진행)이 아니라 밤(사건의 종

결)이 되어야만 나타납니다. 무슨 일이든 결과가 나온 뒤에야 정확한 판단을 할 수 있다는 거지요.

결국 법철학을 설파한 헤겔의 말을 여기에 그대로 대입하면 젊을 때는 모르다가 늙어 병들고 나서야 그 인과관계를 깨닫고 잘못된 행동을 알게 된다는 겁니다. 하지만 헤겔의 말은 어떤 사건의 판단을 위한 말일 뿐, 사람이 살아가는 일에는 경험이라는 반면교사가 있습니다. 아직 결과에 이르지 않아 판단이 어렵더라도 먼저 살아 본 이들의 선례에 비추어 미리 판단을 유추해 볼 수 있지요.

다만 그 선례를 편견없이 받아들일 마음의 문이 열려 있느냐는 별개의 문제입니다.

굳이 미네르바의 부엉새가 날아오르지 않더라도 술이 건강에 해롭다는 사실은 누구나 알고 있는 상식입니다. 그렇다면 방법은 간단합니다. 술을 끊거나 줄이면 되는 거지요. 하지만 그게 또 마음대로 되지 않는 게 인생입니다. 산다는 건 후회의 연속이라는 말이 그래서 생겨난 걸까요. 그런 후회를 줄이려고 발버둥치며 사는 게 또한 인생인 거고요.

동행

아내와 함께 가까운 산에 올랐습니다. 며칠 전 비가 많이 내린 탓인지 아직 물기를 머금고 있는 산의 모습이 막 씻고 나온 아기 얼굴을 보는 것처럼 맑고 청아한 느낌이 듭니다. 그런 산의 에너지를 받아 내 마음도 덩달아 생기가 솟아납니다.

산길을 걷다가 문득 생각해 봅니다. 이렇게 함께 걸을 수 있는 동행이 있다는 게 얼마나 큰 행복인지를 말입니다. 힘든 줄 모르고 산을 오를 수 있는 건 아마도 곁에 누군가 있기 때문일 겁니다.

산의 풍경을 벗 삼아 혼자만의 시간을 가져 보는 것도 의미가 있겠지만 아무리 아름다운 풍경이라도 혼자 걷는 길은 쓸쓸함이 배경일 수밖에 없습니다. 무엇을 하든 함께할 사람이 있다는 건 대단한 축복입니다. 좋은 사람과 함께라면 그곳이 어딘들 그 길이 아무리 멀고 험한들 두려울 게 뭐가 있겠습니까.

곁에 있는 것만으로도 무척이나 든든해서 저절로 힘이 나는 사람과 인생의 여정을 함께 한다는 건 참 아름다운 일입니다.

아프리카 유트족에게는 이런 금언이 있습니다.

내 뒤에서 걷지 말라

난 그대를 이끌고 싶지 않다

내 앞에서 걷지 말라

난 그대를 따르고 싶지 않다

다만 내 옆에서 걸으라

우리가 하나가 될 수 있도록.

동행은 앞서 가는 것도 뒤따라오는 것도 아니라 그저 옆에서 함께 가는 것이라는 말일 테지요. 물론 가는 길이 항상 잘 닦인 대로일 수는 없을 겁니다. 가다 보면 돌길이 나오기도 하고, 힘든 비탈길이 나오기도 하겠지요. 험준한 산이나 거센 물줄기가 앞을 가로막기도 할 겁니다. 그렇지만 함께할 동행이 있다면 그런 고난쯤은 문제가 되지 않습니다.

동행에게는 좌절을 이겨내는 에너지가 있습니다. 아무리 험난한 일이라도 믿고 의지할 사람이 있다면 이겨내지 못 할 일은 없습니다. 평생을 함께할 동행이 있다는 건 행복을 항상 주머니에 넣고 다니는 거와 같습니다. 동행은 행복의 동의어라 해도 틀린 말이 아닙니다.

그러니 지금 내 곁에서 같은 곳을 바라보며 고락을
함께 하는 사람이 옆에 있다면 아끼고 사랑해야 하는
건 당연합니다. 가만히 생각해 보면 보잘것없는 나와
평생을 동행한다는 게 얼마나 눈물나게 고마운 일인
건지요.

친구 J

경기도 광주에 살고 있는 친구 J와 통화를 했습니다. 시간이 마침 점심때라 "밥은 먹었어?" 하고 물었더니 또 다른 친구 L과 경치 좋은 곳에서 맛있게 먹고 막 나오는 길이랍니다. 그러면서 하는 말이 "안 그래도 밥 먹으면서 친구 L이 이렇게 맛있고 풍광도 좋은 곳에 나중에 누구랑 또 오고 싶냐고 물어서 두 번 생각할 필요도 없이 내 이름을 댔다"며 큰소리로 웃으며 너스레를 떨었습니다. (믿거나 말거나)

J는 내게 밥 한번 같이 먹자며 광주에 꼭 한번 넘어오라며 전화를 끊었습니다.

물론 J는 농담 삼아 한 접대용 멘트일 겁니다. 하지만 설령 그렇다 하더라도 그 순간의 상황을 지어내 말하기는 쉽지 않을 거 같아 잠깐 내 마음속에서 무언가 파문이 이는 것 같은 느낌이 들었습니다. 사람들은 흔히 좋은 곳에 갔을 때나 아주 맛있는 음식을 먹을 때 생각나는 사람은 정말 좋아하는 사람이라고 하던데 J는 아마도 나를 무척이나 좋아하는 모양입니다. (착각은 맘대로)

아무리 생각해 봐도 내가 J에게 특별히 잘한 게 없는데 참 이상한 일이지요.

세상에 밥 먹는 일보다 더 귀중하고 성스러운 건 없습니다. 그 성스러운 의식을 치르며 어떤 대상을 떠올린다는 거 이거 보통 일은 아닌 거지요? 매일 밥을 같이 먹는 사람을 우리는 식구라고 부릅니다. 식구는 가족의 다른 말이지요. 비록 매일은 아니지만, 허기를 채울 때 같이 허기를 채울 어떤 대상을 떠올린다면 이건 가족의 레벨이 아닐까요. 그렇다면 J는 나를 가족같이 생각했던 걸까요? 이런 내 생각이 비약일지는 모르겠지만 어쨌던 참 고마운 일입니다.

이런 친구를 둔 걸 보면 그래도 이제껏 내가 세상을 아주 헛살지는 않은 것 같습니다. 친구 J 덕분에 오늘은 내 어깨에 무척이나 힘이 들어갑니다. 친구의 어깨에 힘이 들어가게 하는 사람은 두말할 필요 없이 좋은 친구라고 해도 무방한 거지요?

아무래도 내일은 J와 어디 좋은 곳에서 맛있는 밥 한 끼 먹어야겠습니다.

혼자 가는 산

휴일인 오늘 오전 계획은 아내와 영화를 보고 드라이브를 할 겸 자주 가는 물왕저수지 국숫집에서 간단히 점심을 먹는 거였는데 갑자기 아내에게 다른 일정이 생기는 바람에 하는 수 없이 일정을 바꿔 혼자 산을 올랐습니다.

생각해 보니 내가 이십 대에 산에 미쳐 밥 먹듯 산을 다녔던 이후로는 혼자만의 산행을 한 적이 없으니 이렇게 혼자 산을 오르기는 한 삼십 년은 된 것 같습니다. 매번 친구나 지인들과 함께였다가 혼자 산을 오르려니 좀 어색하지만 그렇다고 생각지도 않게 생긴 혼자만의 시간을 무료하게 보낼 수는 없으니 이렇게 산을 오르길 잘했다는 생각이 듭니다.

혼자 산을 올라 보니 그동안 수없이 오르며 보았던 산의 모습과는 다른 느낌입니다. 동행들과 함께 오를 때에는 미처 보지 못했던 진짜 산의 얼굴이 보이는 것 같기도 하고, 지금까지 주변 사람들과 오르며 보았던 산의 모습은 제 모습이 아닌 겉모습만 본 게 아닐까 하는 생각도 하게 됩니다. 일행들에게 온통 마음이 사로잡혀 온전히 보지 않았으니 어쩌면 당연한 것일 테지요.

혼자 느릿느릿 차분한 마음으로 산길을 걸으니 그동안 보이지 않았던 것들이 보이고, 들리지 않았던 것들도 들립니다. 가까운 사람들과 함께 산을 가는 건 당연히 좋은 일이지만 가끔은 혼자 산을 오르며 조용히 성찰의 시간을 보내는 것도 의미 있는 일이라는 걸 알게 됩니다.

박상천 시인은 「산길을 걷다가」라는 시에서 이렇게 노래했습니다. 내 발자국의 소란과 몰염치와 횡포를 깨달았다고.

시인은 아마 혼자 산길을 걸으며 군림하는 내 발자국 소리에 묻혀 듣지 못했던 소리들이 거기에 있다는 걸 어느 날 문득 깨달았을 겁니다. 내 발걸음을 멈춰야 들을 수 있는 소리들을 들으며 내 몰염치와 횡포 때문에 곤란을 겪었을 누군가를 생각하지 않았을까요.

모두들 자기를 내세우고, 남에게 지지 않으려고 목에 핏대를 세우며 큰소리를 치는 요즘 자신의 발자국 소리마저 소란이며 염치없는 횡포라고 하는 사람이 있을까요? 나는 어딘가에 반드시 있으리라 생각합니다. 그런 사람들이 실제로 많기 때문에 세상은 아직 살만한 게 아닐까 생각해 봅니다.

　그런 사람들 때문에 세상이 정상으로 굴러가고 이렇게 따뜻한 온기가 유지되는 것일 테지요. 혼자 산길을 천천히 걸으며 그동안 미처 보지 못했던 산의 모습을 보며 내 몰염치와 횡포를 생각해 봅니다.

04
·
다짐

민망한 날

며칠 전 관악산 밤산행을 다녀왔습니다. 신문에 밤부터 새벽까지 별똥별이 많이 떨어진다는 기사를 보다가 문득 도회지에서 나고 자라 아직까지 별똥별을 한 번도 보지 못했을 딸들이 생각나서 이번 기회에 보여줘야지 하는 마음으로 아이들과 아내까지 동행한 산행이었습니다.

내가 어릴 적에는 무심코 밤하늘을 바라보다 허공을 비스듬히 가로지르며 떨어지는 별똥별을 본 적이 많았습니다. 그럴 때면 별똥별을 주우러 가고 싶은 충동에 빠지기도 하고, 별들의 무리에서 아득히 홀로 떨어져 내린 별똥별은 참 외롭겠다는 생각을 했던 기억이 나기도 합니다. 그런 내 추억을 아이들에게도 나누고 싶어 감행한 산행인데, 하지만 별똥별은 그 모습을 우리 앞에 쉽게 허락하지 않았습니다.

관악산 전망대에 도착하여 한참이나 밤하늘을 살피며 이제나저제나 별똥별이 떨어지기만을 기다리고 있는데, 갑자기 하늘에 천둥 번개가 치면서 먹장구름이 몰려오기 시작했습니다. 가끔 소나기가 올 수 있다는 일기예보가 있기는 했지만 이런 타이밍에 비가 오리라고는 생각하지 못했던 터라 미처 우산이나 비옷을 준비하지 못했던 우리는 어쩔 수 없이 아쉬움을 뒤로하고 산을 내려올 수밖에 없었습니다.

하산하는 도중 결국 비를 만나 온몸이 젖어버린 아이들이 "오늘은 별똥별이 비처럼 내리는 날"이라며 이게 다 아빠 덕분이라며 웃었습니다. 오늘은 참 민망한 날인 것 같습니다.

편지

아침저녁으로 선선한 바람이 불어오고, 절명하듯 풀벌레 소리 들려오는 가을입니다. 친구 K가 빛바랜 편지를 사진으로 찍어 카카오톡으로 보내주었습니다. 처음엔 편지를 읽어보고도 몰랐었는데 알고 보니 삼십여 년 전 내가 K에게 보낸 편지였습니다. 지금은 필체조차 기억에 없고, 내용은 또 얼마나 촌스럽고 어색한지 마음 같아서는 당장 지워버리고 싶지만 그럴 수도 없는 편지를 K는 지금까지 간직하고 있었습니다.

K는 요즘도 가끔 편지를 꺼내 보며 그때는 무슨 생각을 하며 살았는지 추억할 수 있어 좋다고 했습니다. 그때를 생각하면 지금은 어떤 어려움도 힘든 줄 모르겠다며 어쩌면 어두운 밤길을 밝혀주는 북극성 같은 거라고 했습니다. 물론 K의 과찬이지요. 편지글이 그럴만한 내용이지 않고, 지금 읽어보면 좀 유치하기까지 하니까요. 그래도 K가 그렇게 생각하는 건 무슨 연유가 있을 테지요. 아마도 내가 생각하기에 편지의 내용보다는 하도 오래 간직하다 보니 자기도 모르는 사이 애착을 느끼게 된 게 아닐까 생각해 봅니다.

처음엔 그저 친구에게서 전해진 한 통의 편지에 불과했다가 친구의 마음이 담긴 편지를 삼십 년이 넘게 간직하다 보니 어느덧 이제는 버려서는 안 될 소중한 물건이 되었겠지요. 아무리 하찮은 물건도 오랜 세월 간직하다 보면 삶의 채취가 쌓여 남다른 의미가 되는 것처럼 말입니다.

나도 그때 K에게 몇 통의 편지를 받았었는데 이리저리 이사를 다니다가 아쉽게도 그만 잃어버리고 말았습니다. 나는 K의 편지를 미처 간직하지 못했지만, k는 내 편지를 지금까지 오롯이 간직하고 있다는 것이 내가 친구에 대한 도리를 다하지 못한 것만 같아 미안한 마음이 듭니다. 비록 k의 편지는 간직하지 못했지만, k의 마음은 지금까지 내 가슴에 오롯이 새겨져 있습니다.

하찮은 내 편지를 고운 마음으로 오래도록 간직해 준 k에게 삼십여 년 전 어느 날처럼 마음을 담아 꾹꾹 눌러 쓴 손 편지 한 통 가을바람에 실어 보내고 싶습니다.

이름(1)

친구 L과 통화하다 친구의 딸아이 이야기가 나와 근황을 전해 들었습니다. 초중등학교 다닐 때부터 공부를 잘해서 명문대에 들어갔다는 소식은 오래전에 들어서 알고 있는데 지금은 임용고시에 합격해서 고등학교에서 아이들을 가르치는 선생님으로 재직하고 있다고 했습니다.

L의 말을 들으며 문득 지나간 옛일이 생각났습니다. 이십 대 중반 즈음 내가 L에게 나중에 결혼해서 딸을 두게 되면 네 성씨가 임이니 성과 이름이 어울리게 딸아이 이름을 '임이랑'으로 지어 주는 게 어떻겠느냐고 지나가는 말을 했었던 적이 있습니다. 그리고는 잊고 있었는데 한참 세월이 흐른 뒤 알고 보니 그 친구는 정말 딸아이에게 이름을 임이랑으로 지어 주었다는 말을 듣고 놀랐던 기억이 납니다.

그 사실을 알고 난 뒤 나는 사람 일이란 게 잘 되면 모르겠지만 혹시나 힘든 일이라도 있으면 행여나 이름 탓은 하지 않아야 할 텐데 하는 걱정이 들기도 했었습니다.

이름 하나가 사람의 일생을 바꿀 정도로 큰 영향을 미친다고는 생각하진 않지만 그래도 이름 덕분에 잘되었다는 말을 듣지는 못하더라도 잘못되었다는 말은 들으면 안 될 테니까요. 그렇지만 다행히도 친구 딸아이는 아이들을 가르치는 선생님이 되어 백년대계를 위한 큰일을 하고 있으니 내 마음 한구석에 웅크리고 있던 부담은 덜었다는 생각이 들었습니다.

물론 생각하기에 따라 선생님이라는 직업보다 더 좋은 직업을 욕심낼 수도 있겠지만 내가 생각하기에 아이들을 가르치는 일이 세상 어느 일보다 보람 있고 가치 있는 일이기에 무엇보다 잘된 일이라는 생각이 듭니다. (친구 L의 생각은 어떨지 모르겠지만)

글쎄 내가 지어 준 임이랑이라는 이름이 친구 딸아이 본인 마음에 들는지는 알 수 없습니다. 하지만 이름을 가꾸고 빛내는 건 온전히 자신의 몫이니 나는 그저 친구 딸아이가 살면서 혹시 힘든 일이 있더라도 부디 이름 탓하지 말고, 당당하고 씩씩하게 이겨 나가 사회에 선한 영향력으로 살아가길 바랄 뿐입니다.

이름(2)

이름 이야기를 하자면 누구보다 내 이름에도 할 말이 많습니다.

우리 집안에서 나와 같은 항렬의 이름들은 '엽'자 돌림으로 한엽, 천엽, 만엽 같은 이름들이 있습니다. (이외에도 숫자를 사용하지 않은 엽자 돌림의 이름들도 많음) 그중에 내 이름이 '천엽'입니다.

할아버지께서 간단하게도 태어난 순서대로 한, 천, 만의 숫자에 '엽' 자 돌림을 붙여 지으셨다는 이야기를 들었습니다.

이름이 하도 희한해서 내 이름 '안천엽'으로 살면서 숱한 일화들을 남기며 어릴 땐 이름에 대한 원망도 많이 했었습니다. 그렇지만 이제는 내가 이름에 동화된 건지 이름이 내게 동화된 건지 알 수 없지만, 지금은 조금의 불평도 없고, 외려 무척이나 애착이 가는 이름이 되었습니다.

또 사람들이 한번 들으면 잊지 못하는 이름이고, 세상에 같은 이름이 하나도 없는 무척이나 독창적인(?) 이름이니 내 이름에 자부심을 가져도 괜찮겠다는 생각이 들기도 합니다.

이름은 자기 삶의 거울입니다. 이만큼 살아 보니 저절로 알게 됩니다. 어떤 사람의 이름이 좋고 나쁨은 오로지 그 사람에게 달려 있습니다. 그 사람에게서 좋은 향기가 나면 이름도 저절로 좋은 이름이 되는 것일 테고, 그렇지 않으면 이름도 덩달아 나쁜 이름이 되는 것은 당연합니다. 사람이 세상에 태어나 역사에 남을만한 좋은 이름을 남기지는 못할망정 나쁜 이름으로 살다가 간다면 참 허망한 일입니다.

　'안천엽'이라는 내 이름 석 자도 결국 내가 여태껏 살아 온 삶의 과정이 녹아들어 만들어 낸 내 이미지의 투영이니 그동안 인생의 여백을 어떻게 채워왔느냐에 따라 이름의 이미지도 달라지는 거겠지요. 내 이름 석 자가 비록 부르기 좋은 이름은 아닐지라도 타인들에게 불리어질 때, 따뜻함이 묻어나는 좋은 이미지의 이름이면 좋겠습니다.

스승 같은 사람

세상에는 굳이 배우지 않아도 저절로 가르침을 주는 스승이 있습니다. 그는 살아가는 모습 자체가 가르침이기에 옆에서 지켜보는 것만으로도 주변 사람들에게 큰 영향을 줍니다.

누군지 굳이 밝히진 않겠지만 내게도 그런 사람이 있습니다. 그 사람이 누군지 밝히지 않는 건 아무도 모르는 내 마음속의 멘토이기 때문에 그저 내 안에 간직하고 싶은 마음 때문입니다. 그 사람이 살아가는 모습을 보고 있으면 어쩐지 삶의 본보기처럼 느껴져 나도 자꾸만 따라해야 할 것 같은 생각이 들 때가 많습니다.

그 사람은 평생 남에게 눈곱만큼의 해도 끼치지 않을 것 같고, 남의 험담을 하지 않으며 말 한마디에도 품격이 묻어납니다. 언제나 신의를 지키고, 평소에는 조용히 지내다가도 혹 누군가를 도울 일이 있을 때는 맨 먼저 발 벗고 나서기를 마다하지 않습니다. 하지만 결코 그런 걸 내세우거나 자랑하지 않으니 나도 모르게 그 사람을 닮고 싶은 생각이 들고 존경심이 생기게 되는 건 당연합니다.

그가 내게 아무런 가르침을 주지 않지만, 그의 삶 자체가 내게 큰 울림을 주고 있으니 나이가 많고 적음을 떠나 이런 사람을 스승이라 하지 않으면 무어라 하겠습니까. 스승이란 지식을 알려주는 사람입니다. 그렇지만 아무런 가르침이 없더라도 스스로의 삶이 본이 되어 남에게 명징한 깨우침을 주는 그런 스승도 있습니다.

어쩌면 세상의 수많은 스승 중에 그런 스승이 진짜 참된 스승의 모습일는지도 모릅니다. 왜냐하면 그런 스승은 얄팍한 지식이 아니라 삶 자체가 교훈이기 때문입니다.

내가 사리에 맞지 않는 유혹에 빠질 때나 정도가 아닌 길을 가고 있을 때 새벽하늘에 빛나는 북극성처럼 가야 할 길을 알려 주는 나침반 같은 사람이 옆에 있다는 게 얼마나 든든한 일인 건지요. 그런 스승을 곁에 두고 사는 나는 얼마나 행복한 일인 건지요.

그 사람은 아마 모를 겁니다. 내가 당신에게서 얼마나 많은 걸 훔쳐 배우고 있는지, 당신이 내게 얼마나 큰 힘이 되고 있는지를 말입니다.

눈 내리는 날

눈이 내립니다. 오늘같이 함박눈이 탐스럽게 내리는 날엔 저 북방의 시인 백석의 「나와 나타샤와 흰 당나귀」란 시가 생각납니다. '가난한 내가/ 아름다운 나타샤를 사랑해서/ 오늘밤은 푹푹 눈이 나린다'로 시작하는 시를 읊조리다 보면 문득 백석이 사랑한 나타샤가 솜털 같은 눈을 맞으며 금방이라도 고요히 걸어올 것만 같습니다.

눈이 내려서 나타샤를 생각하는 게 아니라 내가 나타샤를 사랑해서 오늘 밤은 푹푹 눈이 내린다는 역설이 정말 멋집니다.

세상을 살면서 누구든 희미한 실루엣으로 남아 있는 나타샤가 있을 테지요. 오늘처럼 이렇게 함박눈이 내리는 날엔 마음속 깊이 묻어 두었던 낡은 기억의 편린들을 소환해 잠시 추억에 잠겨 보는 것도 좋을 듯합니다. 함박눈이 내린다고 아이처럼 뛸 듯이 기뻐할 나이는 아니지만, 아직도 이렇게 눈 내리는 날엔 이유 없이 무언가 좋은 일이 있을 것만 같은 설렘들이 있습니다.

세월이 지나고 세파에 물들어 자꾸만 그 느낌의 강도가 작아지는 것이 늙어가는 징표인 것 같아 서글퍼지기도 하지만 그래도 아직 이런 낭만을 간직하고 있다는 게 다행이라는 생각이 듭니다.

눈이 오는 게 일상의 걱정거리나 염려만이 아니라 가슴의 두근거림으로 남아 있다면 그건 아직도 소년의 마음을 간직하고 있다는 뜻일 겁니다. 함박눈이 내려 마음이 설렌다고 하면 아마 어떤 이는 철부지 어린아이 같다고 하겠지요. 이렇게 함박눈이 내릴 때 아무런 느낌이나 동요도 없이 일상의 근심만 하고 있는 게 철이 드는 거라면 나는 죽을 때까지 철부지로 살기를 바랍니다.

늙는다는 것의 의미는 다만 신체의 몰락이 아니라 낭만을 잃어버리는 것이라는 말이 생각납니다.

눈이 푹푹 내리는 날 사랑하는 이에게 흰 당나귀 타고 깊은 산골로 가자고, 산골로 가는 건 세상한테 지는 것이 아니라 세상 같은 건 더러워 버리는 것이라고 시인은 노래합니다. 티끌 하나 없는 순수함이란 이런 게 아닐까요.

비록 몸은 늙어 볼품이 없어져도 이런 낭만을 간직하고 산다면 얼마나 멋진 일이겠습니까.

다짐

쏜살같이 시간은 흘러 또 한 해가 저물고 새해가 밝아 옵니다. 새해 첫날 통과의례처럼 매번 굳은 마음으로 다짐을 하지만 언제나 지키지 못하고 흐지부지되고 말아 후회를 반복하게 됩니다. 새해를 맞아 새 마음으로 짧은 시 한 편 썼습니다.

아주 굳은 결심으로
새해 첫날 다짐을 했다
올해는 뭐든 하다 마는 사람이 되자고

- 졸시 「자화상」 전문

새해에는 다짐을 꼭 지켜 보겠다는 생각으로 쓴 경구 같은 짧은 시입니다. 다짐을 지키는 길은 오직 이 길뿐인 거 같아서 말입니다. 지키지 못할 다짐을 하느니 차라리 꼭 지킬 수 있는 다짐을 하는 게 낫다는 생각으로 썼습니다.

올해는 무조건 다짐이 이루어지겠지요. 내 평생 처음으로 다짐을 지키는 기적이 일어나는 거지요. 그런데 다짐은 다짐일 뿐, 그걸 꼭 지켜야 하는 건지는 지금 도 모르겠습니다.

다짐은 지키라고 하는 거지만 까짓거 못 지키면 어 때요. 지금까지는 어떤 다짐이든 꼭 지켜야 한다는 강 박으로 한 해를 보냈지만, 이제는 꼭 그럴 필요가 있을 까 싶습니다.

여러분도 올해는 부디 다짐에 너무 얽매이지 않는 한 해 보내시길 바랍니다.

좋은 사람

TV에서 〈불후의 명곡〉을 보다가 우승팀인 '호야와 팀호야'의 리더인 호야가 "나는 팀원들에게 다른 무엇보다 좋은 사람이라는 기억으로 남았으면 좋겠다"라는 우승 소감을 말하는 걸 들었습니다.

그 말을 들으며 나는 '좋은 사람'이라는 말에 깊은 인상을 받아 과연 좋은 사람이란 어떤 사람일까? 어떻게 해야 좋은 사람이 되는 걸까? 지금까지 나를 알았던 사람들은 나를 좋은 사람으로 생각하고 있는 걸까? 나는 지금 좋은 사람으로 살아가고 있기나 한 걸까 하는 생각들이 한꺼번에 떠올랐습니다.

하지만 아무리 생각해 보아도 내가 그리 좋은 사람일 수는 없겠다는 생각이 자꾸만 드니 어쩌지요. 혹시 눈곱만큼이라도 내게 좋은 사람의 DNA가 있지 않을까 싶어 지난 내 삶의 궤적들을 들춰 보지만 안타깝게도 그건 진흙 속에서 진주를 찾는 것처럼 난망한 일인 것 같습니다.

그동안 내가 아주 나쁜 사람으로만 산 건 아닐 거라는 생각을 하며 스스로를 달래 보지만 그렇다고 좋은 사람일 수 없다는 것도 숨길 수 없는 사실이니 마음이 편치

만은 않습니다. 결국 나는 좋은 사람도 나쁜 사람도 아 닌 그저 그런 사람으로 여태껏 살아온 게 아닌가 싶습 니다. 지금까지 그런 사람으로 살아온 나는 세상을 별 의미 없이 살았다고 해도 틀린 말이 아닙니다.

사람으로서 소중하게 여겨야 할 가치를 가볍게 여기 고 허투루 살았으니 그런 말을 들어 마땅합니다. 물론 혹자는 평범하게 사는 수 많은 사람들이 다 그렇게 살 아갈 테니 너무 자책할 필요는 없다고 할지 모르지만 그래도 기왕에 한 번뿐인 삶을 좋은 사람의 이미지로 산다면 얼마나 좋겠습니까. 아무리 많은 부와 명예를 가지고 있다 한들 사람들에게 '저 사람은 자기만 아는 이기적인 사람'이라는 소리를 듣고 산다면 그것들이 다 무슨 소용이 있을까요.

아무리 궁핍하게 산다 하더라도 '저 사람은 가진 것은 없어도 남을 생각할 줄 아는 사람'이라는 말을 듣는다 면 그 많은 부와 명예가 무엇이 부럽겠습니까.

좋은 사람이란 어떤 사람일까요? 내가 생각하는 좋은 사람의 의미는 나보다 먼저 남을 생각하는 따뜻한 마음 을 가진 사람입니다. 좋은 사람이라는 낱말에 어울리는 말이 있다면 그건 아마도 사랑이 아닐까 싶습니다.

사랑이란 나보다 남을 먼저 생각하는 이타적 마음이니까요. 사람들은 언제나 그런 사람을 그리워하며 살아가기 마련이지요. 나쁜 사람에게서 그런 감정을 느끼기는 힘듭니다. 나쁜 사람에게도 사랑이 있을 테지만 그건 분명 자기만을 생각하는 이기적인 사랑일 겁니다. 보편적이고 이타적인 사랑은 언제나 좋은 사람에게서만 나타나는 거라고 하면 과한 표현일까요.

이타적인 사랑은 좋은 사람을 더욱 빛나게 하는 아우라 같은 거라는 생각을 해 봅니다.

호야의 말을 들으며 올해는 무엇보다 나도 좋은 사람이 한번 돼 보자고 다짐을 해 봅니다. 순수한 마음으로 누군가를 진정으로 사랑하는 것, 그것보다 더 멋진 일은 없을 테니까요.

아내의 존재

새 달력을 펼쳐 걸어 놓으며 기해년 새해를 맞이한 지가 엊그제인데 벌써 1월이 다 지나가고 있습니다. 한창 추워야 할 때이지만 한낮엔 포근할 정도로 기온이 올라 겨울 같지 않은 날씨가 이어지고, 남쪽에는 벌써 드문드문 매화와 동백이 꽃망울을 터트렸다는 소식이 들려옵니다.

지축을 울리듯 말발굽 소리를 내며 휘몰아쳐야 할 동장군은 전의를 잃고 말머리를 돌렸는지 큰 추위도 눈도 내리지 않는 겨울이 실없이 지나가고 있습니다. 아마도 올겨울은 제 본색을 드러내 보지도 못한 채 이렇게 맥없이 물러가려나 봅니다.

엊그제 아내가 심한 감기몸살로 앓아누웠습니다. 겨울 같지 않은 날씨를 만만하게 생각하여 방심했던 게 탈이 났던 거지요. 언제나 팔랑거리는 나비처럼 싹싹하고 유쾌하던 사람이 자리를 보전하고 있으니 집안이 빈집처럼 적막하기만 합니다. 처음엔 가벼운 감기로 쉽게 지나가겠거니 생각했었는데 그게 아니었지요. 며칠을 앓아누워 핼쑥한 얼굴을 보니 아무리 무정한 사람이라도 마음이 아픕니다. 아내가 아파 보니 그동안 내가 얼마나 아내에게 기대며 살았는지 알 것 같습니다.

집안의 사소한 일들은 모르는 것투성이고, 불편한 일들이 한 두 가지가 아닙니다. 그동안 아내에게 무심했던 결과가 이런 것일 줄 미처 몰랐습니다. 불편한 건 그런대로 배워서 해 나가면 되지만 무엇보다 아내의 명랑한 목소리를 들을 수 없으니 집안의 분위기는 물론 내 마음조차 가라앉게 되는 게 여간 견디기 힘든 일이 아닙니다. 생각하기도 싫지만 감기몸살로도 이런데 만약 아내가 중병이라도 걸린다면 어찌할까 생각만으로도 아찔합니다.

이번 일을 겪으며 깨달은 게 하나 있습니다. 내가 아내보다 오래 살아서는 안 되겠다는 겁니다. 아내의 부재는 아무리 생각해도 감당이 안 될 것 같은 생각이 드니 어쩌겠습니까. 그러니 아내가 나보다 더 오래 살아서 뒷일을 마무리해야 한다는 생각을 자꾸만 하게 됩니다. 너무 이기적인 생각이지만 어쩔 수 없습니다.

그러고 보면 나는 참 못난 남편입니다. 이제껏 아내에게 호강은커녕 고생만 시키다가 늘그막에는 뒤치다꺼리까지 하게 하려고 이렇게 은밀한 계략을 생각하고 있으니 세상에 이런 못난 남편이 또 어디에 있겠습니까. 그동안 남편 하나 믿고 힘에 부치는 일들 마다하지 않고 씩씩하게 살아온 아내에게 늙어서 편안하고 행복하게 하지는 못할망정 그저 끝까지 부려먹을 생각만 하고 있으니 말입니다.

나태주 시인은 아내의 존재에 대해 「너무 그러지 마시어요」라는 시를 썼습니다. '…가난한 자의 기도를 잘 들어 응답해 주시는 하나님, 저의 아내 되는 사람에게 너무 섭섭하게 그러지 마시어요.'

시인은 근래 큰 병을 앓아서 병상에서 이 시를 썼다고 합니다. 혹시 혼자 남을지도 모를 아내를 걱정해 쓴 시인 거지요. 아내가 나보다 더 오래 살아서 뒷일을 떠맡기려는 나와는 사랑의 차원이 다릅니다. 처음 이 시를 접했을 때 너무 사실적인 묘사에 놀라면서도 한편으론 격하게 공감했던 기억이 납니다.

'이 여자는 젊어서부터 병과 더불어 약과 더불어 산 여자예요' 이 문장 하나 빼고는 모든 시의 내용이 내 아내와 완벽하게 오버랩된다는 사실에 전율을 느꼈습니다.

이 시를 보고 있으면 사람 사는 모습은 다 거기서 거기라는 생각이 듭니다. 부잣집들은 어떨는지 모르겠지만 평범한 서민들이 살아가는 건 다 마찬가지입니다. 하지만 아내를 사랑하는 마음에는 차이가 있나 봅니다. 그러니 요즘은 이리도 이별이 많은 거겠지요. 사랑은 고사하고 작은 측은지심이라도 가지고 있다면 그리들 쉽게 이별을 선택하지는 못할 텐데 그마저도 없는 시대가 되었습니다.

비록 아내를 호강시킬 능력은 없어도 '아내에게 너무 그러지 마시라'고 하나님께 대놓고 드잡이할 정도의 사랑을 가지고 산다면 이별 같은 건 무서워서 가까이 오지도 못할 겁니다.

아내와 함께한 지가 어느덧 삼십 년 가까운 세월입니다. 오늘은 새삼스레 아내의 존재가 큰 의미로 다가옵니다.

선물

설 연휴가 시작되기 하루 전날 친구 J가 기별도 없이 사과 한 상자를 가지고 가게로 찾아왔습니다. 거래처에 선물하려던 사과인데 약간 흠이 있어 선물하지 못하고 박스에 두서없이 담아 갖고 왔다면서 두고 먹으라고 했습니다. 상태가 좋은 걸 주지 못해 미안하다면서요. 사과는 조금 상처가 나고 흠이 있었지만, 상태는 그런대로 괜찮았습니다.

퇴근 후 사과를 먹어 보았더니 생각보다 굉장히 달고 맛있었습니다. 아내와 아이들도 모두 맛있는 사과라고 이구동성으로 말했습니다. 식구들이 모두 맛있다고 칭찬 일색이니 괜히 친구 덕분에 내 어깨에 힘이 들어갑니다. 사과를 먹으며 흠 있고 상처 난 과일이 오히려 맛있다는 사실을 새삼 깨닫게 됩니다.

벌레가 파먹거나 새가 쪼아 먹어 상처 난 열매가 맛있는 건 사실입니다. 흔히 벌레나 새가 다디단 열매를 잘 알아 그것만 골라서 쪼아 먹는 것으로 생각하는데 벌레나 새가 그걸 알 수는 없습니다. 열매가 다치고 나면 맛있어지는 거지요. 나무가 상처 난 열매가 안쓰러워서 살려보려고 영양분을 과다 공급하는 겁니다. 마치 아픈

아이에게 온 정성을 쏟는 엄마의 마음과 같은 거지요.

나무에게도 그런 모성이 있는 걸 보면 자연은 참 신비롭습니다. 감정이 없는 나무도 저런데 만물의 영장인 사람이야 말해 무엇하겠습니까. 하지만 요즘에는 사람으로는 도저히 할 수 없는 짓을 하는 사람들이 많습니다. 형제나 연인 또는 부부간의 살인이나 자식이 부모를 해치는 패륜도 자주 뉴스를 장식합니다. 왜 이런 일들이 다반사로 일어날까요. 아마도 삶이 각박하고 매말라 정서가 불안해져 순간적인 화를 참지 못하는 게 원인이 아닐까 생각해 봅니다.

시대가 너무 급하게 변해서 정서적으로 불안할 수밖에 없는 환경에서 살고 있으니 그런 일들이 다반사로 일어나는 거겠지요. 하루 중 거의 모든 시간을 스마트폰이나 TV를 보며 지내고, 한 해가 다 가도록 책 한 권은 고사하고 신문조차도 보지 않는 사람들이 허다합니다. 혹시 책이나 신문을 보더라도 전자책이나 인터넷에서 봅니다. 종이책이나 종이신문을 보면 사람의 정서를 훨씬 안정되게 하고 따뜻하게 한다고 어디에서 본 기억이 납니다. 지금은 모든 것들이 전자기기 안에서 이루어지니 정서가 메말라지고 인간적인 감성이 없어지는 이유이기도 합니다. 그러니 사는 게 인정이 없어지고 매사 자기만 생각하는 극단적 이기주의가 되어 사소한 것에도 분노를 참지 못하게 되는 거지요.

『장자(莊子)』 외편 중 「산목(山木)」에 보면 이런 이야기가 나옵니다.

어떤 사람이 배를 타고 강을 건너고 있었다.

느닷없이 배 한척이 다가오더니 '쿵'하고 충돌했다.

배가 기우뚱했다. 하마터면 물에 빠질 뻔했다.

그는 "야, 이놈아 배 좀 똑바로 몰아!"하고 소리칠 참이었다.

그런데 상대편 배가 조용했다. 자세히 보니 빈 배였다 '아하, 빈 배였구나!'

다시 강을 건너가는데 또 다른 배가 와서 '쿵'하고 부딪혔다. 이번에도 배가 출렁했다. 그는 '또 빈 배려니'하고 그냥 가려고 했다.

그런데 상대편 배에 타고 있는 사공이 보였다.

순간 화가 솟구쳤다. 그는 "배를 똑바로 몰아!"하고 상대방에게 마구 퍼부었다.

배를 타고 한참 가던 그에게 문득 의문이 생겼다.

'첫 번째 배는 화를 내지 않았는데 두 번째 배는 왜
화를 냈을까?' 잠시 궁리하던 그는 '아하!'하고 깨달
았다.

"빈 배는 상대가 없었고, 두 번째 배는 상대가 있었
구나."

우리가 화를 내고 짜증을 내는 건 상대가 있기 때문
입니다. 아무리 화가 날 상황에서도 상대가 없으면 화
를 낼 필요가 없습니다.

상대가 없다고 생각하고 행동하면 마음을 내려놓기
가 쉽습니다.

여기서 빈 배는 자신을 비우는 무욕의 태도인데 장
자가 말하고자 하는 것은 자신을 비우면 남을 해치지
도 않고, 남에게 해침을 당하지도 않는 삶의 태도를 지
닐 수 있다는 겁니다. 물론 세상을 성인군자처럼 살라
는 말이 아닙니다.

자신을 비우는 일, 이게 쉬운 일이 아닌 것도 맞습니
다. 그렇지만 그런 방향으로 애쓰며 살아가야 한다는
말인 거지요. 그래야 조금이라도 따뜻하고 더 인간적

인 삶을 살게 된다는 말일 겁니다.

　친구 J는 내게 선물을 주면서 미안하다고 했습니다.
남에게 선물을 주면서 미안하다고 하는 사람은 처음 봅
니다. 어쩌면 친구 J의 마음이 장자가 말하는 자신을 비
우는 무욕의 태도인지도 모릅니다. 사과 한 상자만 놓
고 본다면 하찮은 것일지는 모르겠지만 나는 친구에게
서 사과를 선물 받은 게 아니라 좋은 마음을 선물 받았
다고 생각합니다. 하찮은 거지만 절대 하찮지 않은 세
월이 지나도 울림이 있는 그런 선물 말이지요.
　사과는 아직도 맛있게 잘 먹고 있습니다. 세상에서
가장 맛있는 사과입니다.

[백성호의 현문우답] 김정탁 교수 "스스로 '정의롭다' 는 정권은 정의롭지 않아"
중앙일보, 백성호 기자 2019.01.23

앉은 자리에 풀 나게 살기

05
·
나보다 더 나를
사랑해 주는 사람

내가 가장 행복할 때

에세이 한 편을 카카오스토리에 올린 지가 벌써 달포가 지난 듯합니다. 그동안 꾸준히 글을 쓰다 보니 이제는 무언가를 끄적이지 않으면 괜히 허전한 생각이 들고, 꼭 해야 할 일을 빠뜨린 것 같은 느낌이 들기도 합니다. 문득 내가 가장 행복할 때가 언제일까 생각해 보면 그래도 글을 쓰고 있을 때 가장 행복하지 않나 하는 생각이 듭니다.

살아가며 소소한 행복들이 많지만, 그중에서도 글을 쓰는 것이 내게 큰 즐거움의 일부인 것은 부인할 수 없습니다. 주제를 정하고, 생각을 정리해서 글을 쓰다 보면 그 순간만큼은 일체의 번다함도 잊게 되고, 오직 글쓰기에만 집중하게 되는 게 좋습니다. 한 편의 글이 완성될 때 느끼는 짜릿한 희열도 좋구요. 어쩌면 그것 때문에 중독처럼 글을 쓰게 되는 것 아닌가 생각됩니다.

『논어』옹야편에 '아는 것은 좋아하는 것만 못하고, 좋아하는 것은 즐기는 것만 못하다'라고 했는데 내가 글쓰기를 마지못해 하는 게 아니라 스스로 좋아해서 즐기며 하고 있으니 공자가 말한 차원 중에서 가장 높은 경지의 행위를 하고 있다고 해도 무방한 거지요. 물론 공자가 말한 즐기는 것의 의미는 취미뿐만 아니라 생계를 위한 일을 하면서도 즐기며 하라는 뜻인 줄은 압니다. 그렇지만 나는 그 정도의 경지까지는 아직 이르지 못했으니 그냥 취미로라도 즐기며 사는 게 공자가 말한 최고의 경지를 실행하는 거라는 생각을 해 봅니다.

 사람은 누구나 본능적으로 즐길 거리를 만들며 살아갑니다. 그런 즐길 거리로 인해 사람들은 일상에서 쌓인 스트레스를 풀고, 무료함을 떨치며 삶의 동력으로 삼습니다.

 네덜란드 문화사학자 요한 하위징아는 인간에 대한 정의를 '호모 루덴스'라고 했습니다. 호모 루덴스는 놀이 하는 인간이라는 뜻으로 인간은 유희를 즐기지 않고는 살아갈 수 없는 존재라는 말입니다. 놀이는 하위징아가 인간을 정의하는 기준으로 삼을 정도로 인간에게 아주 중요한 요소입니다.

 그런 놀이 중 하나가 내게는 글을 쓰는 거라고 하면 과장일까요. 누구의 강요도 없고, 생계를 위한 것도 아닌 그저 내가 좋아서 즐기는 것이니 글쓰기는 내게 유희라고 감히 말해 봅니다. 비록 거대 담론이 아닌 소소하고 하찮은 일상이지만 그런 것들을 정리해서 글로 표현할 때 나는 행복을 느낍니다. 요즘 유행하는 소확행(작지만 확실한 행복)의 트렌드에도 맞는 거 같기도 하구요.

세상에는 아무런 흔적을 남기지 않고 사라지는 것들이 많습니다.

모든 것들이 자연의 순리에 따라 생겨나고 소멸하는 거지만 세상에 인간으로 태어나 널리 명망을 떨치지는 못하더라도 작은 흔적도 없이 사라지는 건 슬픈 일입니다.

세상에 흔적을 남기는 가장 확실한 방법은 소소한 것이라도 기록하는 거라고 나는 생각합니다. 그런 의미 있는 일에 즐거움과 희열을 느끼는 나는 행복한 사람인 거고요. 바라건대 부디 오래도록 이런 행복을 누리고 살면 좋겠습니다.

라일락

학의천 변에 라일락이 환하게 피었습니다. 봄이 절정으로 향해 갈 때 라일락은 짙은 향기로 온 천지를 물들이며 자신의 존재를 드러냅니다. 사랑하는 사람을 만나고 난 뒤에 남는 긴 여운처럼 라일락의 진한 향기가 아득하게 피어나고 있습니다.

굳이 설명하지 않아도 라일락의 꽃말이 첫사랑이라는 의미를 알 것 같습니다. 천변을 산책하며 라일락 향기에 취해 오늘 하루도 무사히 마무리되려나 봅니다.

오늘은 이런저런 일들 때문에 바쁜 시간을 보냈습니다. 일과를 마치고 삼라만상이 어둠에 묻힌 고요의 시간, 오늘 하루도 혹시 누군가의 마음을 아프게 하지는 않았는지, 서운한 마음이 들게 하지는 않았는지 경건한 마음으로 하루를 돌아봅니다.

늘 그랬던 것처럼 오늘도 칭찬할 것보다 후회할 것들로 가득합니다. 내 행동, 말 한마디, 사소한 몸짓들까지도 돌이켜 생각해 보니 반성할 것들이 많아 부끄럽습니다. 이제 반백을 넘겨 살았으니 남의 마음을 헤아릴 줄 아는 혜안을 가질 만도 한데 아직은 너무 이른가 봅니다.

진한 향기로 봄의 절정을 몸짓으로 표현하며 서 있는
저 라일락도 후회와 반성으로 오늘 하루를 갈무리했을
까요? 아마 아닐 겁니다. 가식이 없는 진실한 마음으로
치열하게 하루를 살아냈기에 후회보다는 오히려 보람
이었을 테지요. 죽을힘을 다해 꽃을 피우고 향기로 자
신의 존재를 드러내는 일에 최선을 다했으니 당연한 결
과입니다.

　나도 저 라일락의 삶처럼 진정으로 치열하게 하루를
살고 싶습니다. 그리고는 거부할 수 없는 짙은 향기로
누군가를 물들이고 싶습니다. 문득 라일락의 삶이 부럽
다는 생각이 듭니다.

미세먼지 유감(有感)

 일기예보를 확인하지 않고 무심결에 걷기 운동을 나갔다가 희미한 잿빛 실루엣의 거리에 놀라 그냥 돌아오고 말았습니다. 이런 날 걷기 운동을 하는 건 건강을 위한 게 아니라 오히려 수명을 재촉하는 거라는 생각이 듭니다. 미세먼지 때문에 생활에 지장을 받는 일이 늘어나고, 숨 쉬는 것조차 마음대로 할 수 없는 날이 오리라고 누가 생각이나 했겠습니까. 사람들은 마스크로 얼굴을 가린 채 마치 현행범처럼 무표정한 표정으로 거리를 오가는 기막힌 시대를 살아가고 있습니다.

 언제쯤 이런 불행한 시대를 마감하고 매일매일 푸른 하늘을 보며 살 수 있는 날이 올까요. 청명한 가을을 만끽하며 겨울을 맞이하는 건 이제 추억 속에서나 가능한 일이 되나 봅니다. 전에는 도심에 공기가 탁하더라도 멀리 야외로 나가면 마음껏 맑은 공기를 마실 수 있었는데 이제는 전국 어디를 막론하고 곳곳이 먼지로 뒤덮여 피신조차 할 수 없는 지경이 되었습니다.
 이 모든 게 인간의 탐욕과 무지, 환경을 생각하지 않는 문명의 발달이 가져온 부작용이겠지요.

일기예보를 보면 중국 베이징의 공기가 탁하면 하루나 하루 반나절이면 어김없이 우리나라로 먼지가 유입되는 패턴이 반복되는 것 같습니다. 그동안의 역사를 놓고 보아도 우리나라가 중국으로부터 수많은 침략을 받으며 살아왔는데, 하다 하다 이제는 치명적인 미세먼지의 침범까지 받아야 하니 이웃을 잘 만나야 한다는 옛말이 실감 나는 요즘입니다. 그렇다고 남 탓만 하고 있을 수는 없으니 우선은 우리 내부의 오염원부터 없애는 노력을 하면서 동시에 이웃 나라와 함께 맑은 공기를 되찾는 일에 이제는 만사를 제쳐두고 나서야 합니다.

미세먼지는 어느 한 사람, 한 나라만의 문제가 아니라 오늘을 살아가는 사람들의 문제이니 인류의 고통을 공감하고, 다음 세대를 위해서라도 서로 합심해서 빨리 맑은 공기를 되찾게 되는 날이 오기를 바랍니다.

모레부터는 찬 바람이 불어 먼지가 다소 걷힌다고 하니 그때까지는 하는 수 없이 그냥 숨죽이며 조용히 지내야 할 것 같습니다.

알레르기 비염

봄이면 어김없이 찾아오는 불청객이 있습니다. 꽃가루가 예민해진 콧속의 점막을 자극하여 줄 재채기가 나오고 묽은 콧물이 흘러 내리다가 나중엔 눈 주위까지 자극하여 가렵게 만드는 알레르기 비염입니다. 눈은 침침해져서 시력은 떨어지고 코가 막혀 입으로 숨을 쉬니 깊은 잠을 자지 못해 괴롭습니다. 이비인후과에서도 완치할 방법이 없다고 하니 그저 콧속에 뿌려주는 스프레이나 먹는 약으로 잠시 증상을 완화해주는 수밖에 없습니다.

내가 해마다 연례 행사처럼 겪어야 하는 불치병이지요. 그렇다고 종족 보존을 위해 본능적으로 꽃가루를 날리는 꽃나무를 원망할 수도 없으니 빨리 이 시기가 지나가기를 기다리는 수밖에 도리가 없습니다. 매년 겪는 일이다 보니 이제는 그냥 예쁜 꽃들을 보기 위해 치러야 할 당연한 의식이라고 생각하고 이것도 내 몸의 일부라고 체념하며 살고 있습니다.

세상에는 내 능력 밖의 일들이 많습니다. 그런 것들은 아무리 애를 쓴다고 되는 일이 아닙니다. 어릴 때는 무슨 일이든 포기하지 말고 끝까지 해야 하는 게 올바른 삶의 자세라고 배웠는데 살아 보니 내 힘으로 안 되는 것들이 너무도 많습니다. 때로는 포기할 줄 아는 것도 삶의 지혜라는 걸 누가 일러 주지 않아도 이제는 압니다. 내 능력으로 안 되는 건 되도록 빨리 체념하는 게 좋은 거지요. 괜한 미련 때문에 안 되는 걸 붙들고 시간만 끌다 보면 결국 남는 건 자존감의 상실과 허탈감뿐입니다.

젊을 때는 무엇이든 다 할 수 있다는 신념으로 살지만, 세월이 가며 삶의 무게와 자기 능력의 한계를 자각하고 차츰 체념의 빈도가 늘어나는 걸 나무랄 일은 아닙니다. 나도 하루에도 몇 번씩 체념하며 살고 있지만, 특히 알레르기 비염은 내 능력으로 해결할 수 있는 게 아닙니다. 정말 달갑지 않지만 때 되면 찾아오는 손님이겠거니 생각하며 살기로 했습니다.

내 능력으로 어찌할 수 없다면 차라리 비염의 존재를 인정하고 어느 정도의 선에서 더 엇나가지 않도록 관리하며 친하게 지내는 수밖에 없는 거겠지요. 『병가(兵家)』에서도 화친은 싸움의 중요한 전략 중의 하나라고 하지 않던가요. 비염이 일 년 내내 나를 괴롭히지 않는 것만도 고맙다고 생각하며 비위를 맞춰 가며 살아야지 어쩌겠습니까.

이제 환절기가 지나면 또 언제 그랬냐는 듯 괜찮아질 테니 그것으로 만족하며 살아야겠지요.

산다는 게 다 그런 거 아니겠습니까.

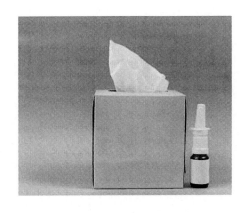

행운

오늘 아침 출근길은 신기하게도 정지신호를 한 번도 받지 않고 일터에 도착했습니다. 아주 가끔 이런 날이 있습니다. 집에서 일터까지는 자동차로 20분이 채 못 되는 거리인데 정지신호를 받지 않으면 5분 정도면 도착합니다. 15분 일찍 도착하거나 아니면 좀 늦게 도착하더라도 별 상관은 없지만 그래도 이런 날은 왠지 하루가 잘 풀릴 것 같은 기분이 들어 좋습니다. 이런 것도 행운이라고 해야 할까요? 특별한 것은 아니지만 그래도 하루의 시작을 행운과 함께한다고 생각하니 즐거운 마음입니다.

살다 보면 행운은 언제든 예고 없이 찾아옵니다. 그렇지요. 미리 기별하고 찾아오는 건 행운이 아닌 거지요. 행운은 어느 날 나그네처럼 불쑥 찾아와 기쁨과 놀라움을 선사합니다. 사람들은 말합니다. 노력이나 수고도 없이 얻어지는 물질이나 명성은 손안에 쥔 모래와 같아 꼭 움켜쥘수록 이내 빠져나가 버리니 행운을 바라지 말고, 부지런히 노력해서 그 댓가를 얻어야 한다고 말입니다. 맞습니다. 노력 없이 얻어지는 건 곧 쉽게 없어지기 마련이지요. 그렇지만 사람이라면 누구나 예외

없이 행운을 바라는 건 마찬가지입니다.

어쩌면 그런 모습이 가장 인간다운 모습이기도 하지요. 그런데 사람들은 흔히 행운이라고 하면 인생이 역전되는 어떤 터닝포인트를 생각합니다. 이를테면 로또 당첨이나 어떤 계기로 단 한 번에 대박이 나는 그런 것들 말입니다. 하지만 그런 것들은 일생에 한 번 있을까 말까 한 일들로 엄밀히 말하면 그건 행운이 아니라 기적이라고 해야 맞습니다. 기적과 행운은 다릅니다. 기적은 말 그대로 상식을 벗어난 이룰 수 없는 일입니다. 세상에 기적을 바라며 사는 것처럼 어리석은 일도 없습니다. 기적을 행운으로 생각하며 사는 사람의 삶은 고달프기 마련입니다. 그 사람은 죽을 때까지 결코 행운을 경험할 수 없을 테니까요.

행운은 기적처럼 불가능한 일이 아니라 드물지만, 일상에서 꽤 자주 일어나는 일들입니다.

생각해 보면 우리 일상에는 삶을 맛나게 하는 양념 같은 수많은 행운이 있습니다. 가령 버스 정류장에 막 도착했는데 마침 내가 탈 버스가 사람들을 태우고 있을 때, 내 앞에서 때맞춰 건널목 신호가 초록색으로 바뛸 때, 거리에서 우연히 아주 친한 친구를 만났을 때, 휴일에 무료하게 시간을 죽이고 있는데 전화벨이 울리고 반가운 이름이 뜰 때, 자두 같은 해가 저물며 만들어 낸 석양의 황홀을 무심코 보았을 때, 이런 일들은 일상에서 때때로 일어나는 일들이지만 그렇다고 일부러 만들어낼 수 있는 것들이 아니니 당연히 행운이라고 해야 마땅합니다.

행운의 상징인 네잎크로버는 그 희소성 때문에 그런 꽃말을 가지게 되었습니다. 좀체 찾기가 쉽지 않지만, 엄연히 존재하기 때문이지요. 만약 아예 찾을 수 없거나 세잎크로버처럼 아무 데서나 볼 수 있다면 행운의 상징이 될 수 없었을 겁니다. 행운은 멀리 있는 것 같지만 의외로 가까이에 있습니다. 언제든 나를 찾아오지만 내가 그 존재를 알아차리지 못해 행운이 찾아온 줄도 모르는 경우가 많은 것뿐이지요.

아주 작은 행운의 방문에도 큰 기쁨과 감사의 마음을 가지면 행운은 더 자주 나를 찾아오지 않을까요.

여러분들도 늘 행운이 함께 하길 바랍니다.

휴일 저녁 친구들에게

하늘이 잔뜩 찌푸리더니 기어코 비가 내리네요. 친구들 휴일 저녁 잘들 보내고 있나요?

조금 전에 저녁밥을 먹으며 반주로 막걸리 한잔했어요. 술을 한잔하고, 비도 오니 갑자기 친구들이 생각납니다. 내가 좋아하는 게 슬프게도 비 오는 날 술 마시며 빗소리를 듣는 건데 지금 딱 구색이 갖춰졌네요. 맛있는 걸 먹을 때나 좋은 곳에 갔을 때 생각나는 사람은 사랑하는 사람이라는데 지금 친구들이 생각나는 걸 보니 아마도 내가 친구들을 무척이나 사랑하는 모양입니다.

뜬금없는 글 미안합니다. 그냥 술 한잔하고 생각 없이 지껄이는 주사(酒邪)로 받아주면 좋겠어요. 아마도 내가 내일 이 글을 보면 엄청 후회하겠지요. 그래도 지금은 괜찮아요. 내일 일은 내일 생각할게요.

이렇게 술 마시고 주책없는 짓을 해도 받아줄 수 있는 친구들이 있다는 게 얼마나 좋은 일인가요. (나만의 생각)

친구들 진심으로 좋아하고 사랑합니다. 지금 내가 정상이 아닌 거 알아요. 술 마시고 오버하는 것도 알고요. 근데 술 마시고 정상이면 그 사람이 더 이상한 거 아닌

가요. 취중진담이라는 말이 있지요. 오늘은 술을 한잔 했으니 내 마음을 친구들에게 털어놓아 보렵니다.

　나이 들어갈수록 친구들이 얼마나 소중한 존재인지 절실히 느낍니다. 더 사랑해야겠다는 생각도 들고요. 이것도 나만의 생각인가요? 아마도 친구들 모두가 같은 생각이겠지요.

　이제 무얼 더 바라겠어요. 지금까지 그랬던 것처럼 앞으로도 서로에게 힘이 되고 위안이 되는 그런 사이로 남으면 되는 거지요. 하고 싶은 말들은 많지만, 오늘은 그만해야 할 거 같네요. 더 하면 진짜 주사(酒邪)가 될 거 같으니….

　편안해야 할 휴일 저녁에 허튼소리 미안합니다.

고마운 차

오랫동안 동고동락했던 차를 새로 바꾸려고 합니다. 아직은 쓸만 하지만 오래된 디젤차라서 배기가스 규제를 충족하지 못해 어쩔 수 없이 폐차를 해야 합니다. 12월부터 미세먼지 비상저감조치 발령이 내려진 날에는 아예 노후 디젤차 운행이 제한된다고 하니 더 이상 운행하는 건 무리일 것 같습니다. 물론 규제를 감수하고라도 더 사용할 수는 있겠지만 요즘 골칫거리인 미세먼지와 깨끗한 환경을 위해서도 그럴 수는 없는 일이지요.

환경을 생각하면 이미 오래전에 했어야 할 일이지만 차를 바꾸는 일이 어디 하루아침에 뚝딱 결정해서 되는 일이던가요. 차를 바꾸겠다는 생각은 진작부터 하고 있었지만, 너무 오랜 세월을 지금의 차와 함께 하다 보니 차에 대한 익숙함과 이런저런 사정 때문에 쉬이 결정을 내리지 못했었습니다. 막상 지금의 차를 없애고 새 차로 바꾸려고 하니 너무 오랫동안 고락을 함께하던 차를 졸지에 떠나보내야 한다는 생각 때문에 새 차를 사는 기쁨보다는 아쉬운 마음이 더 크게 다가옵니다.

지금까지 충직하게 내 곁을 지켜주었고, 이제는 익

숙함을 넘어 어쩌면 내 몸의 일부라는 생각이 들 정도로 친숙해져 버린 차와의 인연이 이제 정말 얼마 남지 않은 것 같습니다.

요근래 차에서 오일이 조금씩 새기도 하고, 전에 못 듣던 소리가 나기도 해서 고칠 데가 한두 군데가 아니었지만, 어차피 떠나보내야 할 차이니 일부러 모르는 척 손보지 않고 방치하다시피 했었습니다. 이제 마지막을 눈앞에 두게 되니 그런 것조차도 자꾸만 마음에 걸립니다. 그동안 노구에도 불구하고 불평 한마디 없이 언제나 씩씩하게 내 곁을 지켜준 걸 생각하면 무척이나 섭섭하고 아쉬운 마음입니다. 내가 필요할 때는 고맙다는 말 한마디 없이 마음껏 부려 먹다가 이제 상황이 변했다고 가차 없이 버릴 생각부터 하니 참 간사한 게 사람의 마음입니다. 감정이 없는 차였기에 망정이지 만약 내 주변의 사람들에게 이런 심보를 부린다면 과연 용납이 될까요.

내가 가자면 멀고 험한 길 마다하지 않고 어디든 가 주었고, 그간에 같이 만든 추억만도 헤아릴 수 없이 많은데 나는 지금 이렇게 냉정한 이별을 꿈꾸고 있습니다. 이제 고마운 차에게 마지막 작별의 인사를 전해봅니다.

그동안 고생 많았고, 고마웠다고. 너와 함께했던 시간들 잊지 않을 거라고. 잘 가렴!

아내의 도시락

가게에 친구 J가 찾아와 마침 점심시간이라 근처 식당에서 함께 밥을 먹었습니다. 나는 도시락을 가지고 다녀서 점심은 사무실에서 거의 혼자 먹는 편인데 가끔 친구나 지인이 찾아오면 으레 바깥 음식을 먹게 되지요. 매번 혼자 밥을 먹다 보니 친구나 지인이 찾아와 밥을 같이 먹는 날이면 내심 반가운 마음이 듭니다. 내가 이 일을 시작한 해부터 점심 도시락을 갖고 다녔으니 올해로 어언 십 칠 년 차에 접어들었습니다.

생각해 보니 참 오래도록 집밥을 고집하며 살았습니다. 처음엔 배달해 먹기도 하고, 식당을 찾아가 먹기도 했었는데 매번 끼니때가 되면 뭘 먹을까 고민이 되고, 식당 밥이 지겨워지기도 해 집에서 아내가 만든 밥과 반찬들이 식당에서 먹는 것보다 맛은 물론 건강에도 좋겠다는 생각이 들어 어느 날 아내에게 넌지시 부탁했던 게 오늘에 이르게 되었습니다. 그때는 솔직히 아내의 수고로움은 미처 생각하지 못했었지요. 또 한편으로는 아내가 도시락 싸는 일을 얼마 안 가 포기하고 말겠지 생각했었습니다. 하지만 내 예상은 빗나가 오늘도 여전히 아내는 도시락을 챙기고 있습니다.

아내에게 정말 고맙고 미안한 생각이 듭니다. 십 칠 년을 하루도 빠짐없이 도시락을 싼다는 게 결코 쉬운 일은 아니니 말입니다. 전업주부라도 쉽지 않을 텐데 아내는 경제적 활동을 하면서 또 아이들을 챙기며 매일 밥과 반찬을 만들고 도시락을 쌌습니다. 아무나 할 수 있는 게 아닐 듯싶습니다.

아내가 싸 준 도시락은 아마 어릴 적 학교에 가는 내게 어머니가 정성으로 매일 싸 주었던 그것과 같다는 생각이 듭니다.

아내도 분명 그런 마음으로 정성을 다하지 않았을까요. 그런 모성애의 발로가 아니라면 그 긴 세월의 수고로움을 어찌 오롯이 감당할 수 있었겠습니까. 입장 바꿔 생각해 봐도 점심 한 끼는 사서 먹으라 하고, 그냥 편히 지낼 법도 한데 이제껏 불평 한마디 없이 묵묵히 도시락을 건네준 마음이 고맙습니다.

누군가는 도시락 싸는 일이 뭐 그리 대단한 일이냐고 할는지도 모르겠습니다. 그렇지만 하루 이틀도 아니고 그 긴 세월을 하루도 빠짐없이 챙기는 게 보통 일은 아닙니다.

그런 아내의 정성 때문에 오늘이 있는 것일 테지요.
아내가 챙겨준 도시락의 그 밥심 때문에 말입니다.

나보다 더 나를 사랑해 주는 사람

지난 설 연휴에 과천에 계신 어머니를 찾아뵙고, 서천 처가에도 다녀왔습니다. 원래 계획대로라면 중국으로 여행을 갔다가 연휴 다음 날 새벽에 귀국해야 하는데 코로나19로 취소를 하는 바람에 그냥 국내에 머무르게 되었습니다.

내가 조그만 사업체를 운영하다 보니 명절 연휴가 아니면 도저히 시간이 나지 않아 이번에 설 연휴를 이용해 중국으로 여행을 가려고 몇 달 전부터 예약을 하고 준비를 했었는데 중국 우한에서 발생한 신종 코로나바이러스 전염병 때문에 부득이 가지 못하게 되고 말았습니다. 미리 예약을 해 놓은 거라서 여행을 강행하려 했지만, 부득이 마음을 바꿀 수밖에 없었지요.

떠나기 이틀을 남겨두고 어머니께 전화가 와서는 "중국이 전염병 때문에 난리니 여행을 가지 않는 게 좋겠다"라며 걱정하셨습니다. 나는 "지금 취소하면 손해가 커서 안 된다"라고 했지만, 어머니는 막무가내로 "너무 위험하니 가지 말라"며 고집을 꺾지 않았습니다. 심지어 손해나는 게 있다면 당신이 보전해 주겠다고까지 하며 사정을 하다시피 했습니다.

어머니는 "걱정이 되어서 전날 밤 한숨도 못 잤는데 만약 여행을 간다면 아마도 돌아올 때까지 뜬눈으로 지샐 것 같다"라고 하시며 끝내 취소하기를 바라셨습니다. 나는 문득 '이번 여행은 어렵겠구나' 생각이 들어 알겠다고 대답하고는 전화를 끊었습니다. 그리고는 아무리 생각해 보아도 어머니의 걱정을 무릅쓰면서까지 여행을 가는 건 아닌 것 같다는 생각이 들어 결국 취소하고 말았습니다.

기대했던 여행을 가지 못해 많이 아쉽고 허탈합니다. 그렇지만 나는 이번 일로 나보다 더 나를 사랑해 주는 이의 존재를 다시 확인하게 되었습니다.

세상 모든 어머니의 사랑이 이와 같겠지요. 내 나이 육십에 가까운데 당신 눈에는 아직도 물가에 내놓은 어린아이로만 보여 매일 근심으로 지내시는 모양입니다. 비록 여행을 못 가 실망을 하고, 또 금전적으로 손해를 봤지만 (결국 한참 후에 여행사에서 위약금 없이 전액 환불 처리되었음) 그건 어머니의 걱정에 비할 바가 아닌 거지요.

본의 아니게 이번 일로 어머니께 걱정을 끼쳐 드렸습니다. 어머니의 춘추 이제 구십에 가깝습니다. 이제는 자식 걱정은 그만하시고 부디 편안하고, 건강하게 여생을 보내시면 좋겠습니다.

그럼에도 불구하고

내가 활동하고 있는 SNS 프로필의 한 줄 소개글은 '그럼에도 불구하고'입니다. '그럼에도 불구하고'의 사전적 의미는 앞 내용에서 예상되는 결과와 다르거나 상반되는 내용이 뒤에 나타날 때 앞뒤 문장을 이어 주는 말이라고 되어 있습니다.

연결형 부사인 '그럼에도 불구하고'는 여러 가지 상황에서 쓰이는 말이지만 크게 보면 긍정적 의미와 부정적 의미 두 가지로 나뉘어 쓰입니다. 가령 너는 나를 싫어하지만 그럼에도 불구하고 나는 너를 좋아한다는 긍정적 의미와 반대로 너는 나를 좋아하지만 그럼에도 불구하고 나는 너를 싫어한다는 부정적 의미입니다.

내 프로필의 한 줄 소개 글은 말할 것도 없이 긍정적 의미입니다.

네가 아무리 큰 실망과 좌절을 주더라도 그럼에도 불구하고 나는 너를 탓하거나 미워하지 않겠다는 믿음과 관용의 의미이지요.

굳이 밝히지 않아도 나와 SNS를 공유하는 이들은 아마 모두 그런 의미로 받아들이리라 믿습니다.

내가 내 이름자 밑 남들 눈에 잘 띄는 곳에 문패처럼

이 말을 적어 놓은 이유는 내게 관용의 마인드가 부족하다는 생각 때문입니다. 그러니 누구나 볼 수 있는 곳에 적어 놓고 날마다 주문을 외우듯 다짐을 하는 거지요. 나이를 먹더라도 소위 꼰대는 되지 말자는 일종의 마인드 컨트롤인 셈이지요.

나이가 들어갈수록 생각이나 사상이 정형화되어 남에게 자신의 생각이나 가치관을 강요하고, 자기가 하기싫은 일을 남에게 시키는 그런 사람이 아니라 부드럽고 온화하게 상대의 주장이나 결점을 이해하고 배려하자는 의지의 표현입니다.

늘그막에도 젊은이 못지않은 유연한 사고로 주변 사람들과 좋은 관계를 유지한다면 얼마나 좋은 일인가요. 그러기 위해서 모난 내 마음을 다듬어 둥글게 만드는 연습을 매일 하는 거지요.

나태주 시인은 「마음을 얻다」라는 시에서 이렇게 말했습니다. '없는 것도 있다고 네가 말하면 있는 것이다'라고.

사람의 마음을 얻는 일은 믿음이라고 이 시는 분명한 메시지를 전하고 있습니다. '팥으로 메주를 쑨대도 곧 이듣는다'라는 속담이 문득 떠오릅니다. 여러분은 혹시 '너니까 믿는다'라는 말을 한 적이나 들은 적이 있습니까? 한 번도 이 말을 한 적이나 들은 적이 없다면 그 사람은 지금까지의 삶을 한 번쯤 되돌아볼 필요가 있습니다.

이 시에서 '너'는 무한 신뢰의 대상입니다. 그 대상이 나일 수도 아니면 너일 수도 있지만, 나중에 어떤 결과가 나오든 그럼에도 불구하고 너니까 믿는다는 것, 그리고 후회하지 않겠다는 겁니다.

시의 마지막 행은 '후회하지 않겠다.'로 끝나는데 그 앞에 '그럼에도 불구하고'가 생략되었다고 본다면 결과에 상관없이 설사 안 좋은 상황에 직면하더라도 후회하지 않겠다는 것으로, 이를테면 '그럼에도 불구하고'는 아무런 조건이나 이유가 없는 무조건적인 관용의 의미인 거지요. '그럼에도 불구하고 나는 너를 믿겠다!' 아무리 생각해도 참 멋진 말입니다.

그렇습니다. '그럼에도 불구하고'라는 경구를 기왕에 대문 앞에 공개적으로 크게 붙여놓았으니 앞으로는 다른 사람의 흠이 보이더라도 그것을 들춰내 험담하지 말고, 결점은 감춰주고 배려하는 관용을 실천하는 사람으로 살기를 바랍니다.

06
·
변화는 다시
나를 깨우고

행복하기 위한 세 가지

 며칠 이른 더위가 기승을 부려 그늘과 땡볕을 가르는 선이 천국과 지옥의 경계라는 말을 실감하게 됩니다. 한낮 땡볕 아래에서는 폭염을 방불케 하지만 아직은 설익은 더위라 그늘에만 있으면 그런대로 견딜 만하니 진짜 더위가 오기 전에 부지런히 적응해서 삼복더위를 잘 이겨내라는 여름의 배려(?)가 아닐까 합니다.

 오늘은 아침부터 장맛비가 내린 탓인지 불어오는 바람의 촉감이 봄날의 그것처럼 상큼하고 시원합니다. 시원한 바람 한 줄기로도 이렇게 행복할 수 있으니 행복이 내 주변에 지천으로 널려 있다는 말이 과연 틀린 게 아닌 것 같습니다.

 2006년에 작고한 호남지역의 대표적인 한학자였던 산암 변시연 선생은 생전에 삼지(三知)라는 좌우명을 가졌습니다. 살아가며 꼭 실천해야 할 세 가지인데 그건 지족(知足), 지분(知分), 지지(知止)입니다. 삼지는 노자의 도덕경에서 가져온 것으로 노자는 지족(知足)과 무위(無爲)를 자신 철학의 주요 개념으로 삼을 정도로 아주 중요하게 생각했습니다. 변시연 선생은 행복한 삶을 위해 이 세 가지의 실천을 들며 자신의 좌우명으로 삼았습니다.

첫째, 지족은 만족할 줄 알아야 한다는 겁니다. 인간의 탐욕은 끝이 없고, 그 끝없는 탐욕 때문에 불행하다는 전제하에 선생은 세 가지 알아야 할 것 중에 지족을 첫 번째 개념으로 두었습니다. 삶이 아무리 부유한들 거기에 만족을 느끼지 못하고 자꾸 더 가지려고만 한다면 그 사람의 삶은 불행할 수밖에 없습니다.

지금보다 두 배쯤 돈을 벌면 행복할 거 같지만 그게 이루어지고 나면 또 세 배를 벌고 싶어지는 게 인간의 욕심입니다. 거기에서 벗어나지 못하면 평생을 탐욕의 노예가 되어 불행한 삶을 살다가 죽게 됩니다.

좀 가난하게 살더라도 주어진 삶에 기뻐하고, 맑고 청아한 마음으로 만족할 줄 알면 행복하다는 게 지족의 개념입니다.

둘째, 지분은 분수를 알아야 한다는 겁니다. 분수를 안다는 건 자신을 아는 것과 같습니다. "너 자신을 알라"는 저 유명한 소크라테스의 말이 아니더라도 사람은 자신의 존재를 아는 게 무엇보다 필요합니다. 자기를 알면 거기에 맞는 처신을 하게 되고 분에 넘치는 행동을 하지 않게 됩니다.

분수를 지키며 사는 게 쉬운 일이 아닙니다. 우리 주변에는 주제와 분수를 모르고 살다가 결국 패가망신하는 사람들이 의외로 많습니다. 옛 속담에 뱁새가 황새 따라가면 다리가 찢어진다는 말이 있습니다. 자기 분수도 모른 채 능력 밖의 일에 무리수를 두다가 불행의 늪에 빠져 헤어 나오지 못하는 경우인 거지요.

누가 무엇을 하든 거기에 휩쓸리지 않고 탐욕을 내려놓으면 마음에 여유가 생기게 되고 행복해진다는 게 지분입니다.

셋째, 지지는 그칠 줄 알아야 한다는 겁니다. 그침은 적당한 시점에서의 머무름을 뜻합니다. 불행은 어떤 적절한 선을 지키지 못할 때 잉태됩니다. 과유불급이라는 말과도 같은 맥락입니다. 정도가 지나치면 모자름만 못하다는 말이지요. 아무리 몸에 이로운 것도 지나치면 독이 되는 것처럼 모든 일에는 거기에 알맞는 정도가 있습니다. 한갓 시정잡배들의 싸움에도 금도가 있듯이 사람에게는 적당히 멈춰야 할 선이 있습니다. 만약 부부싸움을 할 때 어느 선에서 서로 양보하고 그치지 않는다면 그 가정은 유지될 수 있을까요.

친구 간의 다툼에서도 마찬가지입니다. 서로 끝을 보겠다고 양보하지 않고 자기주장만 내세우면 그간 쌓아온 관계는 파탄이 나고 맙니다. 모든 세상 만물들이 각자 나아감과 그침의 때를 알고 조화를 이루며 살아가듯 사람도 그런 이치를 지켜야 행복할 수 있다는 게 지지입니다.

살아가면서 만족할 줄 알고, 분수를 알며 그칠 줄 알기란 결코 쉬운 일이 아닙니다. 하지만 그렇게 살아가려고 조금이라도 마음을 쓴다면 적어도 불행한 삶을 살지는 않을 거라는 생각을 해 봅니다.

친구와 밥 먹는 일

모처럼 친구들을 만나 밥을 먹었습니다. 무슨 특별한 연유나 용무가 있는 건 아니고 그냥 밥 먹으며 이런저런 세상 돌아가는 얘기를 나누며 서로의 안부를 묻는 자리입니다.

코로나19 때문에 요즘은 친구들을 만나는 것조차 조심스러우니 이러다 마음마저 멀어지지 않을까 염려가되어 거리두기가 조금 완화되는 틈을 타 우선 밥 먹는자리라도 가져야겠다는 생각이 들었던 거지요. 친구들에게 그냥 전화 통화만으로는 성에 차지 않으니 밥 한번 먹자는 핑계로 만나 그동안의 그리운 마음을 달랬던 겁니다.

친구들도 만나고 맛있는 밥도 먹으며 즐거운 시간을보냈으니 이거야말로 임도 보고 뽕도 따는 일석이조인셈인가요. 세상에 이렇게 몇 곱으로 이득을 보는 일이또 어디에 있을까 싶습니다. 친구와의 만남이 아니라면그런 일은 일어날 수 없을 테지요. 친구 좋다는 말이 이래서 나온 말인가 봅니다.

가만히 생각해 보니 내가 친구들에게 부담 없이 밥

한 끼 대접할 날이 이제 얼마나 남았을까요. 그나마 경제적 여력이 될 때 친구들에게 가끔 밥이라도 사야겠다는 생각을 해봅니다. 그래야 나중에 능력이 소진되어 이도 저도 할 수 없는 지경에 이르러 후회하지 않겠지요. 지금은 다행히 친구들에게 밥 한 끼 살 정도의 여력은 되니 이럴 때 부지런히 같이 밥 먹을 시간이라도 자주 가져야 합니다.

친구들을 만나 밥을 먹는 일은 비록 사소한 거지만 결코 사소한 일이 아닙니다. 이거야말로 서로의 거리를 좁히고, 더 막역한 사이가 되게 하는 가장 확실한 방법이지요. 세상에 밥 먹는 일처럼 성스러운 일도 없습니다. 왜냐하면 밥 먹는 일은 생명과 관련 있는 가장 원초적인 행위이니까요. 그런 성스러운 행위를 함께 한다는 건 자연스레 동지적 유대감을 갖게 하지요. 친구들과 깊은 동지적 유대감을 갖는 건 필요 불가결한 것이니 같이 밥 먹는 일에 소홀하지 않아야 합니다.

그런데 역으로 생각해 보면 친구와 같이 밥을 먹고 싶다는 건 이미 서로의 친분이 굉장히 돈독한 사이라는 말도 되지요. 껄끄럽고 어색한 사람과 밥을 같이 먹는 것처럼 곤혹스러운 일도 없으니까요. 아무리 친한 친구도 자주 만나지 않으면 서먹해지기 마련이지요. 서로의 돈독한 관계를 위해서 만나서 밥도 먹고 대화도 해야 하는 이유입니다.

바라건대 오래도록 친구들에게 밥 한 끼 대접하는 것에 인색하지 않게 되기를 바랍니다.

시크릿 로드

코로나 19 때문에 꼼짝을 못하다가 오늘은 화창한 가을 날씨의 꾐에 빠져 아내와 함께 관악산 국기봉에 올랐습니다. 화창한 날씨에 비해 사람들은 그리 많지 않았지만 그래도 큰 등산로엔 꽤 많은 인파로 붐볐습니다.

우리는 누가 먼저랄 것도 없이 약속이나 한 듯 인적이 드문 한적한 소로를 선택했습니다. 전에도 자주 다녔던 길인데 그때는 단지 코스의 아기자기함이 좋아(물론 한적함도 좋음) 선택했던 길이지만 오늘은 그것보다는 오로지 사람들을 피하려는 목적으로 선택하게 되었습니다. 이것도 코로나가 만든 풍경이지 싶습니다.

사람이 서로의 대면을 꺼리는 이런 어색함은 지금까지 살아오며 처음 겪는 풍경입니다. 어서 빨리 코로나가 종식되어 평범한 일상으로 돌아오길 바라봅니다. 코로나 때문이 아니라 난 솔직히 오늘 선택한 코스가 원래부터 마음에 들었습니다. 우선 소나무와 암석 사이로 이어진 오솔길이 정감이 있어 좋습니다.

이 길을 걸을 때면 나는 어릴적 살았던 산골에서 아버지와 땔감을 구하러 다니며 맡았던 솔 내음이 생각나 나도 모르게 아주 오래 된 추억으로의 여행을 하게 됩니다.

후각은 무의식중에 과거의 경험을 떠올리게 한다는데 그래서일까요? 이 길은 언제부터인가 내게 고향의 포근함을 느끼게 해 마음의 안식처 같은 곳이 되었습니다. 이 길은 또 기암괴석을 타고 넘어야 하는 스릴이 있어 좋습니다. 능선을 따라가다 이따금 만나는 시원한 바람도 좋구요.

엄연한 등산 코스이지만 너무 작은 소로여서 사람들이 거의 다니지 않아 적막을 즐기기에 딱 좋으니 이 또한 마음에 듭니다. 코로나가 오기 전에는 어느 산엘 가든 후미진 곳까지도 사람이 없는 곳이 없어 산행의 정취를 느끼기 어려운 게 사실이었습니다.

하지만 이 길은 그때에도 아주 드물게 사람이 보일 정도로 한적한 코스였으니 지금은 코로나의 여파로 더욱 인적이 끊긴 길이 되었지요. 그러니 이 길은 아무도 모르는 우리만의 시크릿 로드인 거지요.

집 근처에 언제든 찾아가 부담 없이 마음을 내려놓을 수 있는 이런 비밀스러운 장소가 있다는 것, 이거 아무나 누리는 호사는 아닌 거지요? 여러분도 가능하다면 집 근처에 이런 자신만의 비밀스러운 장소 하나쯤 가져 보는 건 어떨까요.

지금을 좋은 추억으로 남기자

이번 KBS2 TV 〈불후의 명곡〉에서는 80년대 큰 인기를 끌었던 가수들이 나와 경연을 펼쳤습니다. 근 사십 년 전에 활동했던 가수들의 노래를 들으니 문득 타임머신을 타고 아련한 그 시절로 돌아간 것 같은 느낌이 들었습니다. 특히 마지막 무대에서 최성수의 '명동 콜링'을 들을 땐 출연한 가수들뿐만 아니라 보고 있는 모든 이들이 빛바랜 기억의 한 페이지를 소환해 추억에 잠겨보는 호사를 누리지 않았을까 합니다.

살다 보니 어느새 추억거리가 많아지는 나이가 되었습니다. 무엇에 열중하다가도 불쑥불쑥 먼 과거의 기억들이 떠오르곤 합니다.

행복하고 좋았던 기억뿐만 아니라 괴롭고 슬펐던 기억들도 떠오르고, 창피하고 부끄러운 기억들도 전등불의 스위치를 켜듯 떠오릅니다.

다시 그 순간이 돌아온다면 결코 그렇게 하지 않았을 기억들, 그런 기억들이 떠오를 때면 많은 세월이 흐른 지금도 창피스러운 생각이 드는 건 어쩔 수 없습니다.

지난 과거의 일들이 좋은 기억들로만 채워져 있다면 얼마나 좋을까요. 사람의 기억은 창고에 쌓아 둔 오래

된 서류나 물건처럼 그동안 자기가 겪었던 경험을 차곡 차곡 저장해 두었다가 어느 순간 불현듯 저절로 불쑥 튀어나오는 거라고 합니다.

나이가 들수록 경험한 것들이 많아지니 저장되는 것들도 많아지고 따라서 기억할 일들도 많아지게 됩니다. 그런 기억들이 좋지 않은 것들로만 채워져 있다면 얼마나 서글픈 일일까요. 내가 살아가고 있는 지금의 시간이 모두 기억의 창고에 차곡차곡 쌓여 머지않은 미래에 기억의 한 페이지로 장식된다는 생각을 하면, 지금 이 순간을 절대 허투루 할 수 없다는 생각을 하게 됩니다.

사람의 관계라는 게 비록 다시는 볼 일 없는 사이가 된다 하더라도 좋은 이미지와 기억으로 남아야지 그렇지 못하다면 참 슬픈 일이지 않을까요? 타인에 대한 내 기억은 물론 나를 향한 다른 이들의 기억 또한 소중한 것이니 아무리 마지막이라 할지라도 그래도 추억은 남겨야 하는 거지요.

기억의 창고에서 불현듯 불쑥 꺼내 보았을 때 그래도 그때가 참 좋았다고 빙긋이 미소 지을 수 있도록 말입니다.

추억과 기억의 차이는 그리움이라고 합니다. 그리움이 있으면 추억이고, 그리움이 없으면 기억이라는 말이지요. 그리움은 반드시 좋은 기억을 전제로 합니다. 먼 훗날 내가 누군가에게 그리움의 대상으로 남겨진다면 이보다 더 좋은 추억이 어디에 있겠습니까.

주말 저녁 TV에서 〈불후의 명곡〉을 보며 든 생각이었습니다.

별 보기 여행

별을 보러 강릉에 있는 안반데기 마을을 다녀왔습니다. 갑자기 웬 별이냐구요? 별 보러 가자는 둘째 딸 소희의 뜬금없는 제안에 가족들 모두가 함께한 여행입니다. 해발 1100m 고지대에 고랭지 배추밭이 끝없이 펼쳐진 언덕배기에는 풍력발전기가 늘어서 있고, 마을 가장 높은 고갯마루에 아담한 정자가 하나 있는데 거기에 걸터앉거나 기대서서 밤하늘의 별을 조망할 수 있습니다.

지대가 높고 사방이 탁 트인 지형이라 어느 쪽을 보아도 별을 쉽게 볼 수 있어 가히 별 보기 좋은 장소라는 걸 짐작하게 합니다. 집에서 강릉을 향해 갈 때는 하늘에 구름이 끼어 있어 과연 별을 볼 수 있으려나 걱정했었는데 도착해보니 다행히 하늘이 열려 온전하지는 않지만, 실컷 별을 보고 돌아올 수 있었습니다.

욕심 같아서는 날씨가 아주 맑아서 좀 더 또렷하게 보면 좋았겠지만 그래도 허탕 치지 않은 것만으로도 만족스럽다는 생각을 해봅니다.

단순히 별을 보는 목적으로 이렇게 멀리 여행을 떠나보긴 내 평생 처음입니다. 그 흔했던 별을 보기 위해 요즘은 이런 수고를 감수해야 하니 시대가 참 많이도 변했습니다. 처음에 별을 보러 가자는 딸아이의 말을 들었을 땐 그까짓 별을 보자고 그 먼 거리를 오가는 번거로움을 겪어야 하나 생각이 들었습니다. 하지만 딸아이들이 도회지에서 별을 본다는 건 말 그대로 하늘의 별을 따는 것만큼이나 어려운 일이니 별을 보기 위해 이렇게 수고로움을 감수하는 게 한편으로는 이해가 되기도 합니다.

그리고 나 또한 밤하늘의 별을 본 지가 언제였나 생각해 보니 가늠하기도 힘든 먼 과거의 일이 되어 있었고요. 그동안 먹고살기 바쁘다는 핑계로 일상에서의 소소한 행복들을 잊고 살았다는 걸 이번 일로 깨닫게 됩니다.

'힐링'에서 '욜로'를 거쳐 이제는 소소한 것에서 확실한 행복을 찾는 '소확행'이 트렌드인 시대이다 보니 작은 행복이라도 느낄 수 있는 곳이라면 어디든 찾아가는 시대입니다.

어둠이 짙게 내려앉은 안반데기 마을의 남청색 하늘에 아스라히 펼쳐진 초롱초롱한 별들을 보고 있으려니 문득 내 어린 시절이 떠올랐습니다. 내가 어린 시절을 보낸 곳은 강원도 정선에 있는 만항이라는 동네입니다. 태백을 가기 전, 해발 1572m 함백산 자락에 있는 하늘 아래 첫 동네인데 우리나라에서 제일 높다는 만항재로 유명한 곳이지요.

워낙 지대가 높은 두메산골이다 보니 밤이면 늘 별들이 손에 잡힐듯 가까이 내려와 있었습니다. 칠흑같이 어두운 밤길을 걷다가 무심코 고개를 들면 거기엔 어김없이 쏟아질 듯 뭇별들이 무수히 밤하늘을 수놓은 채 박혀 있었습니다. 나는 그때에도 다른 별자리는 몰라도 국을 푸는 국자 모양의 북두칠성 자리는 분명하게 알고 있어 별을 볼 때면 항상 북두칠성의 위치를 확인하고 국자 머리 부분의 끝을 따라가면 북극성이 밝게 빛나고 있어 '아! 저쪽이 북쪽이겠구나.' 짐작하고는 했었던 기억이 납니다. 흐린 날이 아니라면 항상 별들을 볼 수 있고, 운이 좋으면 하늘을 가로지르며 떨어지는 별똥별도 심심찮게 볼 수 있었지요. 그런 별천지인 동네에서 유년을 보냈으니 어쩌면 나를 키운 건 팔할이 별들이라고 해도 과언이 아니라는 생각을 해봅니다.

별이 아름다운 건
밝게 빛나기 때문이 아니라
멀리 있어 가질 수 없기 때문이다

내가 널 그리워하는 건
차마 잊지 못해서가 아니라
다시는 그때로 돌아갈 수 없기 때문이다

별은
그리움처럼
소유하는 것이 아니라
간직하는 것이다

- 졸시 「별」전문

별을 생각하며 몇 년 전에 이런 시를 썼었습니다. 별은 그리움이라고 해야 마땅합니다. 언제든 바라볼 수 있지만, 영원히 소유할 수 없는 가슴속에만 간직할 수 있는 그리움 말입니다.

혹시 가슴속에 그리운 사람 하나 있나요? 언제나 그리워하지만, 이제는 만날 수 없는 그런 사람 하나 별처럼 아련하게 간직하고 있나요? 그렇다면 그 사람은 분명 행복한 사람일 겁니다. 사람은 누구나 가슴속에 등불처럼 별 하나를 간직하고 살아갑니다. 그 별은 다름 아닌 사랑이고, 희망이지요. 그 별이 빛을 잃지 않도록 매일매일 가꾸고 키워서 아름답게 빛나게 하는 것, 그게 우리가 살아가는 이유인 거지요.

이번 여행으로 잠시나마 내 어린 시절을 추억할 수 있어 참 행복했습니다. 두 딸들과 아내도 오래도록 추억이 되는 여행이 되었을 겁니다. 여러분도 가슴속에 꺼지지 않고 반짝이는 작은 별 하나 간직하시길 바랍니다.

변화는 다시 나를 깨우고

올해는 꽃들의 아우성도 듣지 못하고 봄이 지나가고 말았습니다. 느닷없이 생긴 걱정거리 때문에 봄꽃들의 축제는 생각하지도 못하고 있었는데 뒤늦게 눈에 들어온 꽃들은 이미 시들고 말아 아쉬움만 남습니다. 봄은 왔지만 봄 잔치를 즐기지 못했으니 내게 2021년의 봄은 없는 거나 마찬가지라는 생각이 듭니다.

작년 11월 말경에 내가 일하고 있는 상가 건물의 주인이 바뀌어 가게를 비워달라는 통보가 와 근 사 개월이 넘도록 새 가게를 구하러 여기저기 정신없이 돌아다니다 보니 봄을 맞이할 겨를이 없었습니다. 이제 무사히 이전을 마무리하고 조금 여유가 생겨 주변을 둘러보니 봄은 이미 아련한 뒷모습을 보이며 저만치 가버리고 말았습니다. 봄을 느낄 여유조차 없을 정도로 마음이 불안정한 상태였으니 틈틈이 쓰던 글도 본의 아니게 몇 개월을 절필하며 지내야 했습니다.

마음이 편안하고 여유로워야 글도 쓰이는 법인데 당장 발등에 떨어진 불을 끄려고 발버둥 치다 보니 글을 쓸 수 없는 건 당연한 거지요. 신변에 걱정거리가 생기니 평범한 일상들도 덩달아 모두 영향을 받게 됩니다. 사람이 근심이나 걱정이 없는 평범한 일상을 누리며 산다는 게 얼마나 큰 행복인지 이번 일로 새삼 깨닫게 됩니다. 그렇지만 그렇다 하더라도 산다는 게 굴곡 없이 평탄하기만 해서는 안 되겠지요. 그런 삶은 흥미로움은 커녕 너무 무미건조하고 재미도 없을 테니까요.

삶이란 게 어차피 꼬인 매듭을 풀어내는 과정인 거라고 한다면 살면서 생기는 수많은 근심과 걱정거리들을 견뎌내고 해결하며 살아 내는 게 진짜 삶이 본질이 아닐까요. 모든 사람이 보이진 않지만 그런 역경들을 이겨내며 살아가고 있을 겁니다. 물 위에서 노니는 백조가 겉으로 보기에는 평화로워 보이지만 보이지 않는 물속에서는 쉼 없이 물갈퀴질을 하고 있는 것처럼 말입니다.

하지만 누구나 가능하면 고난이 없이 평안한 삶을 살기 바라는 건 인지상정입니다. 나도 그랬으니까요. 나도 가게를 이전하기 전에는 지금의 상황이 그대로 유지되길 바랐습니다. 그렇지만 변화가 생겼고 불가피하게 그 변화를 받아들여야만 했습니다. 이런 과정을 거치면서 깨달은 건 그동안 내가 너무 현실에 안주해 있었다는 겁니다. 한 사업장에서 올해로 18년 차에 접어들다 보니 감각이 무디어지고 그만큼 주변 환경의 변화에 빠르게 대처하지 못했습니다. 아니 대처를 못한 게 아니라 그냥 변화하는 게 두려웠다고 말해야 솔직한 표현일 겁니다.

지금 생각해 보아도 이렇게 불가항력적인 변화가 아니었다면 아마도 스스로 변화를 주도할 가능성은 거의 없었을 거라는 생각이 듭니다. 만약 그랬다면 줄곧 주어진 현실에 안주해 편한 것만 쫓다가 아까운 시간만 허비했을 테지요. 나는 이번 일이 비록 내가 원하지 않았더라도 내게 필요한 일종의 충격요법으로 받아들입니다. 언젠가 한 번쯤은 치러야 할 것을 미리 처방받은 거라고 말입니다.

옛말에 어차피 맞을 매라면 조금이라도 먼저 맞는 게 낫다는 말이 있듯이 한 살이라도 젊을 때 변화를 시도할 수밖에 없는 환경이 조성되었던 게 어쩌면 전화위복이 되었던 게 아닐까 하는 생각이 듭니다. 아무래도 조금이라도 젊을 때가 변화에 감응하는 속도가 빠를 테니 그만큼 먼 후일에는 내게 이로운 일이 되어 있지 않을까요.

이제 주사위는 던져졌습니다. 그동안 온통 나를 지배했던 매너리즘을 일거에 털어내고 다시 초심으로 돌아가 내게 주어진 일에 최선을 다해봐야겠습니다.

고마운 그늘막

무더위라고 하기엔 아직 이르지만, 더위가 제법 기승을 부립니다. 여름의 네 번째 절기인 하지(夏至)가 내일이니 그럴 만도 하지요.

머지않아 한여름 폭염이 위세를 떨치는 무더위의 시간이 돌아올 테지요. 어김없이 맞닥뜨릴 더위에 대비해 이제부터는 나도 서둘러 폭염 적응 모드로 바꿔야 할까 봅니다.

맑고 청명한 날씨에 이끌려 오늘은 자전거를 타고 안양천을 한바퀴 돌아왔습니다. 달릴 때는 맞바람 때문에 시원하고, 정지해 있을 때는 강바람 때문에 선선하지만 그래도 더위의 기세가 만만치 않습니다. 본격적인 무더위가 오기 전에 미리 적응하라는 여름의 친절한 배려(?)가 아닐까 생각해 봅니다. 집으로 돌아오는 길, 집 앞 사거리 건널목에서 신호를 기다리는데 겨우내 부동자세로 접혀있던 그늘막이 어느새 활짝 펴져서 오가는 사람들의 더위를 식혀주고 있습니다. 그늘막 아래에서 더위를 피하다가 나는 문득 그늘막의 존재에 대해 생각해 보았습니다.

사계절 중 여름 한 철을 빼고는 사람들의 기억 속에서 잊혀 있지만, 묵묵히 자신의 가치를 믿고 은인자중하다가 때가 되면 사람들을 위해 미련 없이 몸을 던져 자신을 희생하는 모양이 영락없는 성인군자의 모습입니다. 사소한 것에도 변덕을 부리고, 까탈스럽고, 자기중심적인 인간들의 모습과는 비교할 수 없습니다.

그늘막을 보면 나보다 먼저 남을 생각하고, 자기를 희생해서 남을 이롭게 하는 이타심이 저절로 떠오릅니다. 대가를 바라지도 않으면서 염천의 뙤약볕을 온몸으로 막고 서서 그늘을 만들어 주는 것, 한여름 무더위에 이보다 더 고마운 일이 어디에 있겠습니까.

오로지 타인의 아픔을 배려하는 마음으로 하늘을 향해 두 팔을 벌리고 서 있는 성자의 모습이 저런 게 아닐까요.

진정으로 남을 배려하는 마음이 무엇인지 고마운 그늘막을 보면서 배웁니다.

친구들에게

길게 이어지던 무더위도 어느덧 기세가 꺾여 제법 선선한 바람이 붑니다. 밤낮으로 요란하게 울어대던 매미소리는 어느새 잦아들고 그 자리를 가녀린 풀벌레 소리가 대신 채웁니다. 가을이 오려나 봅니다.

시원한 바람이 좋아 학의천 변을 걷습니다. 날마다 걷는 길이지만 오늘은 왠지 친구들 생각이 많이 납니다. 코로나19 때문에 오래도록 만나지 못해 그리움이 쌓인 탓일까요. 아니 어쩌면 가을을 재촉하는 풀벌레 소리 때문일지도 모르겠습니다.

생각해 보니 친구들을 만난 지가 언제인지 기억도 가물가물합니다. 코로나19 이후 벌써 두 번의 가을을 맞이하고 있지만, 아직도 펜데믹의 정점이 언제가 될지 알 수 없으니 친구들을 볼 날 또한 기약할 수 없습니다.

코로나19가 하루빨리 해결되어 평범한 일상으로 돌아가 은둔을 접고 자유롭게 친구들을 볼 수 있는 날이 왔으면 좋겠습니다.

미국의 유명한 영화감독인 우디 앨런은 "인생의 80%는 그저 그 자리에 나타나는 일이다"라고 했습니다. 인간은 혼자서는 살 수 없는 사회적인 동물로 인생의 80%는 오로지 사람과의 관계를 유지하는 데 사용된다는 말이지요. 하지만 지금은 코로나19 때문에 근 2년이라는 세월을 서로 만나지도 못하고 살고 있으니 이제는 대인관계라는 낱말이 무색하게 되어버렸습니다.

그런데 희한하게도 친구들을 오랫동안 만나지 못하면서도 코로나 이전에는 미처 생각하지 못했던 친구들의 소중함을 외려 절실히 느끼게 되니 무슨 조화인지요. 코로나19의 역설이라고 해야 할까요. 그건 아마도 오랜 시간 친구들을 만나지 못하면서 친구의 의미를 깊이 생각해 보는 시간을 나도 모르게 가졌기 때문이지 않을까 싶습니다. 시련을 견디며 혼자 담금질의 시간을 보냈기 때문일 테지요.

부부간에도 가끔 서로 떨어져 지내며 자신을 돌아보는 시간을 갖는 게 필요하듯 말입니다. 아이러니하게도 백해무익한 코로나19가 억지로 그런 시간을 갖도록 해 준 거지요.

세상살이라는 게 아무리 안 좋은 상황이라도 조금만 달리 생각해 보면 그 속엔 분명 긍정적인 측면이 있기 마련이지요. 코로나19라는 최악의 상황 속에도 이런 순기능이 숨겨져 있으니 말입니다. 사회학자들의 말에 의하면 코로나가 종식되더라도 비대면의 생활방식이 완전히 예전으로 돌아가지는 못할 거라고 합니다.

비록 자의가 아니지만, 사람들이 비대면의 편리함을 맛보았기 때문에 절대로 옛 방식으로 되돌아가지 않는다는 거지요.

아마 그 예상이 맞을 겁니다. 하지만 사람 간의 직접 접촉은 줄어들지 몰라도 코로나19라는 큰 시련을 겪으며 친구로서의 심리적 유대감은 더욱 단단해질 거라는 확신은 듭니다.

평생 경험해 보지 못했던 초유의 일로 비록 지금은 친구들을 만날 수 없지만, 코로나19가 종식되고 난 후 더욱 견고해진 서로의 마음을 확인하는 것만으로도 이제까지의 고통을 충분히 보상받고도 남지 않을까요. 그때까지 모두 건강하게 잘 지내시길 바랍니다.

우리 장모님

저녁밥을 먹으며 오랜만에 반주 한잔을 했습니다. 주말 저녁상이 진수성찬입니다. 웬 진수성찬이냐구요?

아내가 처가에 갔다가 오늘 돌아왔기 때문이지요. 처가는 충남 서천군 비인면 월하성 서해 바닷가의 조그만 어촌 마을입니다. 대충 짐작했지요? 처가가 어촌 마을이다 보니 매번 처가에 다녀오게 되면 우리 장모님이 챙겨주시는 이런저런 해산물로 그날은 상다리가 휘게 됩니다. 이런 날 반주가 빠지면 몹시 서운하지요.

올해로 결혼 이십구 년 차인데 매번 처가에 다녀올 때면 한 번도 빠짐없이 겪는 일이지요. 이제는 장모님도 연로하시니 자식들 챙기는 걸 그만하셔도 되는데 지금도 여전히 그 마음에 변함이 없습니다.

결혼 초에는 이런 게 당연한 일인가 보다 생각했지만 이제 한두 살 나이를 먹다 보니 이게 보통 정성으로 되는 일이 아니라는 생각이 들어 그저 감사하고 죄송할 따름이지요. 이런 장모님의 사랑에 그동안 사위 노릇은 제대로 하고 살았는지 모르겠습니다.

우리 장모님은 비록 촌부(村婦)이지만 훌륭한 인품을 지니고 있습니다. 그동안 삼십 년 가까이 뵈었지만, 이제껏 한 번도 자식들에게는 물론 누구에게도 싫은 소리 한번 하시는 걸 들어 본 적이 없으니 말입니다. 살다 보면 누구라도 마음에 들지 않은 구석이 있기 마련이지만 누구에게든 큰 소리를 내는 법이 없이 언제나 웃는 얼굴로 대하니 웬만한 성정으로는 쉽지 않은 일이라는 걸 장모님을 뵐 때마다 느끼곤 합니다.

그간 숱한 세월을 자식들을 위해 헌신하셨으니 이제는 자식들에 대한 근심은 그만 내려놓으시고 당신의 행복을 위해 남은 생을 사시면 좋겠는데 이건 순전히 자식들의 기대일 뿐이지요.

그러니 이제는 그런 기대 보다는 차라리 자식으로서 장모님을 위해 할 일이 무엇인지를 먼저 찾는 편이 더 낫다는 생각이 듭니다. 그동안 장모님의 큰 사랑으로 여태껏 살았으니 이제는 그것을 되돌려 드릴 때도 되었지요.

부디 오래도록 건강하셔서 그동안 자식들에게 쏟으신 헌신적인 사랑의 대가를 이제는 되돌려받아 남은 생을 편안하게 사시면 좋겠습니다.

치킨을 먹으며

차가워진 날씨 탓에 엊그제까지만 하더라도 푸르던 나뭇잎들이 생의 마지막을 처절하게 물들이는 노을처럼 각각의 색깔로 치장하고 속절없이 떨어져 내립니다. 제 할 일을 마치고 조금의 미련도 없이 모든 걸 내려놓는 나뭇잎의 낙하가 장엄하다는 생각이 듭니다.

어머니를 뵈러 과천을 다녀왔습니다. 가까이 살아도 바쁘다는 핑계로 자주 찾아뵙지 못해 늘 죄송한 마음이었는데 오랜만에 기특한 짓을 한 것 같아 기분이 좋습니다. 올해로 춘추 여든아홉이신데 총기도 좋으시고 다리가 좀 불편한 거 외에는 건강하셔서 항상 감사한 마음입니다.

어머니를 뵙고 이런저런 담소를 나누던 중에 무슨 얘기 끝인지 옆에 있던 누나가 "엄마는 치킨을 잘 드신다"라고 하길래 내가 "그럼 마침 출출하니 치킨을 시켜 먹자"라며 전화로 주문을 하게 되었습니다. 조금 후에 어느 유명 브랜드의 간장치킨이 배달되어 둘러앉아 치킨을 먹는데 누나 말대로 어머니는 치킨을 너무도 맛있게 잘 드시는 겁니다. 그렇게 맛있게 드시는 건 아마도 내가 본 근래에는 처음이 아닐까 싶을 정도로 말이지요.

그런 어머니를 보면서 내가 지금까지 너무도 무심하게 살았구나 하는 생각이 들며 마음이 무거워졌습니다. 나는 어머니가 무얼 좋아하시는지 무슨 생각을 하며 사시는지도 모르고 살았다는 걸 치킨을 먹으며 깨달았습니다.

나이 육십 줄에 들어서야 이제 조금 철이 드나 봅니다. 철이 드는데 이리도 오래 걸릴 줄 나도 미처 몰랐습니다. 모든 게 내가 아둔한 탓이니 누굴 원망하겠습니까. 죄송한 마음에 어머니께 "이제는 자주 치킨도 먹고 맛나는 것도 같이 먹자"고 했더니 어머니께서는 "얼마 전까지도 없던 당뇨가 있어 그런 거 자주 먹으면 안 좋다"며 신경 쓰지 말라고 했습니다.

그 말을 들으니 또 마음이 안 좋습니다. 조금이라도 빨리 이런 시간을 가졌으면 얼마나 좋았을까요. 그동안 어머니와의 추억을 조금이라도 많이 만들었다면 얼마나 좋았을까 하는 생각에 못내 후회가 됩니다.

정희성 시인은 시집 『돌아다 보면』의 「가을날」이라는 시에서 이렇게 말했습니다. '길가의 코스모스를 보고 가슴이 철렁했다/ 나에게 남은 날이 많지 않다'.

그렇습니다. 내게 남은 날이 많지 않습니다. 어머니가 내 곁에 오롯이 계실 날이 이제는 정말 많지 않습니다. 어머니와의 남은 시간을 곰곰 생각해 보니 자꾸만 마음이 조급해집니다. 그동안의 허송세월은 가슴에 묻어 두고 훗날 어머니 떠나신 뒤 조금이라도 후회가 덜 되도록 이젠 어머니와의 추억 만들기에 열중해야겠다는 다짐을 해봅니다.

이건 어머니보다도 어쩌면 나를 위한 것인지도 모릅니다. 내 마음 편하기 위해 끝까지 애쓰는 이기심이 민망하지만 어쩔 수 없습니다. 자식을 위해서라면 천 길 뜨거운 불길도 마다하지 않는 게 세상 모든 어머니의 마음이니 이런 내 마음을 헤아려 어머니는 건강하게 오래도록 내 곁에 머물러 주실 거라고 믿어 봅니다.

연세가 워낙 고령이니 건강이 하루가 다르지만 그래도 아직은 기회는 있다고 생각합니다. 이제부터 시작이라는 마음이라면 말이지요. 바람이 차갑습니다. 가을은 아직도 절정에 닿지 못했는데 때 이른 초겨울 추위가 옷깃을 여미게 합니다.

어머니 건강이 걱정입니다.

07
·
중용을
되새기며

이순의 나이에 들어

다사다난이라는 말을 실감했던 신축년 한 해가 저물어 갑니다. 내게는 올해가 지천명을 지나 이순의 나이로 접어드는 꺾어지는 해입니다. 다시는 오지 않을 오십 대를 보내는 아쉬움과 한 번도 경험해 보지 못한 육십 대를 맞이하는 생소함이 섞여 조금은 복잡한 마음입니다.

내 나이 벌써 육십이라니 믿기지 않습니다. 오십에서 육십이 된다고 특별히 바뀌는 건 없지만 육십이라는 나이가 주는 중압감이 만만치는 않습니다. 지금은 백세시대라 칠팔십 대도 청춘이라고 흔히들 이야기하지만, 그건 늘어난 수명에 비례해서 하는 말이자 당사자인 어르신들이 스스로를 위안하기 위해 하는 말이니 사실 육십 대의 나이는 이미 노인의 반열에 들어선 거지요.

내가 막상 노인이 된다고 생각하니 어쩐지 몸에 맞지 않은 옷을 입은 듯 어색하기만 합니다. 그렇지만 그런 어색함도 잠시 모든 어르신이 그랬던 것처럼 노인이라는 타이틀이 몸에 밴 듯 자연스러워지는 때가 내게도 곧 오겠지요. 어쩌겠습니까. 누구도 피해갈 수 없는 일이니 수긍하는 수밖에 도리가 없지요.

늦었지만 이제 청춘이라는 단어는 슬며시 내게서 떼어놓아야 할까 봅니다. 질풍노도는 아니더라도 나는 아직도 팔팔한 청춘이라고 생각하며 여태껏 살았는데 어느새 환갑을 목전에 둔 나이가 되어 지나온 세월이 한바탕 꿈만 같아 서글픈 생각이 듭니다.

그렇지만 서글픈 생각은 잠시만 해야겠지요. 늙는다는 게 결코 서글픈 것만은 아닐 테니까요. 육십 대를 살아 보지 않아 잘 모르겠지만 육십 대는 육십 대 대로 또 칠십 대와 팔십 대는 그 연령대로 거기에 맞는 삶의 보람이 있을 테지요. 물론 자기 스스로가 어떻게 하느냐에 따라 다르겠지만 늙는 건 곧 불행이라는 불변의 공식이 있는 건 아니니 다만 나는 그 보람을 찾아 묵묵히 살아가는 거지요.

올해 102세인 노철학자 김형석 교수는 "백 세를 살아 보니 인생에서 가장 행복하고 좋은 때가 팔십 대였다."고 말했습니다. 그건 아마도 그때까지 건강하게 당신이 좋아하는 활동을 열정적으로 할 수 있었기 때문일 겁니다. 거기에 비하면 나는 아직 젖내 나는 어린아이에 불과한데 벌써 늙은이 타령을 하고 있으니 남사스럽습니다.

그렇습니다. 기왕에 이렇게 세상에 나왔으니 김형석 교수가 말하는 팔십 대의 절정기를 멋지게 살아 보고 이 소풍을 끝내야 하지 않을까요. 그러려면 무조건 건강을 유지하면서 삶에 대한 열정을 잃지 않아야 합니다. 김형석 교수가 그랬던 것처럼 말입니다.

그나저나 공자가 이르기를 이순의 나이는 귀가 순해져 모든 말을 듣고 이해할 수 있는 나이라고 했는데 나는 그런 경지에는 도달했는지 궁금합니다. 만약 그렇지 않다면 육십을 맞이할 자격이 없는 거지요. 그냥 얼떨결에 헛나이만 먹어 이순을 욕되게 하는 건 아닌지 모르겠습니다. 이제는 나잇값을 하며 살 때도 되었는데 말입니다.

기록하는 삶

천변을 환하게 밝히던 벚꽃이 어느새 모두 져 버리고 아쉬운 듯 꽃잎 몇 개만이 위태롭게 매달려 있습니다. 그 모습을 보고 있으려니 화려했던 절정기를 지나 시나브로 쇠락기에 접어든 인생을 보는 것 같아 서글픈 생각이 듭니다.

요 몇 달 자꾸만 나태해지고 게을러져서 도통 글을 쓰지 못했습니다. 마음으로는 이제 차분하게 글을 좀 써야지 하면서도 어느 틈엔가 멍하니 텔레비전 앞에 앉아 드라마를 보고 있는 내 모습이 우습기도 하고 한편으로는 한심한 생각이 들기도 합니다. 그렇게 보내는 시간이 전혀 무의미한 시간이라는 걸 알면서도 나도 모르게 자꾸만 내 생각과 감정을 사각의 바보상자에 맡겨 버리고 아무런 생각 없이 세속적 쾌락을 좇아 시간을 허비하는 내게 이제는 단호하게 레드카드를 줘야겠다는 생각이 듭니다.

인간이 짐승과 차별되는 가장 확실한 이유는 자기의 생각과 감정을 그때그때 기록할 수 있는 것이라고 한다면 기록하는 삶이야말로 가장 인간답게 사는 것이 아닐까 생각해 봅니다. 한 인간이 천수를 누리다 죽는다는 건 한 시대의 역사가 사라지는 것이고, 또 한 사람의 생애가 보관되어 있는 박물관 하나가 사라지는 것과 같다고 누군가 말했습니다.

그런데 만약 그 사람이 평소에 자신의 삶을 기록하며 글로 남겼다면 비록 사람은 죽더라도 한 사람의 역사와 그 사람의 생애가 담긴 박물관은 남아 있게 되는 것이니 삶의 일상을 기록하는 습관이 얼마나 중요한 건지는 더 말할 필요가 없습니다.

화려했던 한때를 뒤로 하고 몇 개 남지 않은 벚꽃을 바라보며 이제 머잖아 내게도 저런 때가 곧 도래할 거라는 생각을 해 봅니다. 벚꽃이 지는 속도와 인간이 살아가는 삶의 속도가 별반 다르지 않다는 생각을 하니 괜스레 마음이 급해집니다. 한동안 무진장 게으름을 피웠으니 이제는 마음을 다잡아 다시 제자리로 돌아가 비록 대단한 생애는 아니지만, 차분히 소소한 삶의 일상들을 기록하며 글로 남기는 일에 충실해야겠다고 다짐해봅니다.

친구들과의 만남

하늘은 청명하고 햇볕이 좋은 봄날입니다. 도롯가에 늘어선 나뭇가지에는 새로 돋아난 연두색 어린잎들이 마치 아이들이 재잘거리듯 제법 푸르름을 자랑하고 있습니다. 자연의 질서를 관장하는 신이 있다면 진짜 봄날은 이런 거라고 자랑이라도 하는 듯한 날씨입니다.

친구 L의 딸 결혼식에 다녀왔습니다. 누가 재촉하지 않아도 때 되니 제 배필을 찾아 사람들의 축복을 받으며 혼례를 치르는 모습을 보니 마치 내 딸을 시집보내는 것처럼 흐뭇합니다. 친구 딸에게는 평생에 한 번뿐인 경삿날인데 날씨마저 이렇게 좋으니 겹경사가 난 듯 나도 덩달아 기분이 좋습니다. 부디 많은 이들의 축복 속에 이루어진 한 가정이 행복하길 바라봅니다.

그동안 코로나19 때문에 친구들 애경사에 참석을 못하다가 오늘은 실로 오랜만에 부담 없이 친구들을 만났습니다. 친구들과 만나 그간 미루어 둔 회포도 풀고, 몇 번씩이나 우려먹었던 추억도 소환하고, 자리에 없는 친구들 근황도 물어보고, 때로는 실없는 농담도 하면서 시간을 보내고 왔습니다.

오랜만에 실컷 웃고 떠들고 나니 십 년 묵은 체기가 가시는 듯 시원한 느낌이 듭니다.

전철을 타고 집으로 돌아오면서 오늘 친구들과 보낸 잠깐의 시간이 내게는 몸에 좋은 보약보다 낫다는 생각이 들어 '아! 이래서 친구가 좋은 거구나' 새삼 깨닫게 됩니다.

"신선한 공기와 빛나는 태양, 친구들의 사랑만 있다면 삶을 낙담할 이유가 없다." 괴테의 말입니다. 꼭 오늘을 두고 하는 말인 것 같습니다.

친구들에게서 파워 에너지를 든든하게 보충했으니 내일부터는 또 팔팔하게 뛰어다니며 종횡무진해야겠습니다.

아내의 그늘에서 벗어나기

며칠 비가 내리고 구름이 끼어 우중충하더니 휴일인 오늘은 맑게 갠 날씨가 화창하기 그지없습니다. 맑고 고운 날씨지만 제법 바람이 불어 문득 1980년에 상영되었던 이장호 감독의 영화 〈바람 불어 좋은 날〉이 떠오르는 날입니다.

휴일이지만 오후 두 시에 가게 일정이 잡혀 있어 오전 느지막이 아내와 가까운 백운호수를 다녀왔습니다. 가는 길에 '양평해장국'에서 아침 겸 점심을 먹고 호숫가 '이학순 베이커리' 카페에서 빵 몇 조각과 아메리카노 커피를 마셨습니다.

카페에 도착하면 늘 아내는 1층에서 주문을 하고 나는 2층으로 올라가 전망 좋은 곳에 자리를 잡고 앉아 아내를 기다립니다. 원래는 아내가 2층으로 먼저 가 자리를 잡으면 내가 주문을 한 음식을 공손히(?) 대령하는 게 맞는 그림인데 우린 그렇지 않습니다.

카페뿐만 아니라 아내와 함께 가는 곳은 어디든 항상 아내가 앞장서 모든 것을 처리하고 나는 거기에 따라 움직일 뿐이지요.

물론 아내는 무슨 일이든 나와 상의하고 내 의견에

맞춰 행동하지만 나보다 먼저 액션을 취하는 건 언제나 아내의 몫입니다. 만약 다른 여성들이 지금 이 글을 읽는다면 '요즘 시대에도 이런 간 큰 남자가 다 있나!' 하고 생각할는지도 모르겠습니다.

이런 패턴이 잘못되었다는 걸 나도 알고 있습니다. 그런데 언제부터인지 우린 이게 당연한 것처럼 되어버렸습니다. 처음엔 아내에게 미안한 마음이 들기도 했지만, 어느덧 이젠 그런 생각조차 들지 않게 되었지요.

언젠가 아내가 내게 한 말이 생각납니다. "당신은 일주일 동안 가족을 위해 애썼으니 휴일 하루만이라도 편안해야 하지 않겠느냐"라고 말입니다. 그 말대로라면 아내의 행동이 지극히 나를 위한 것이 분명한데 나는 왜 자꾸만 세상 물정 모르는 바보가 되어가는 느낌이 드는 건지요.

매번 아내에게 기대어 차려진 밥상에 숟가락만 얹다 보니 솔직히 나는 아주 초보적인 일상조차도 서툰 게 사실입니다. 커피를 주문하는 것은 물론 하다못해 치킨을 주문하는 것조차도 어떤 프랜차이즈 메이커에 메뉴는 뭐가 있는지 잘 모릅니다. 마트에 가더라도 오늘 필요한 물건이 뭔지 아는 건 더더욱 어려운 일이지요. 이것 말고도 일일이 열거할 수 없을 정도로 모르는 것 투성입니다.

모든 것들을 아내가 대신해 주니 어느 땐 심지어 내가 사육당하는 게 아닐까 하는 과한 착각이 들 때도 있습니다.

살아가며 모든 일을 도맡아 척척 처리하던 사람도 나이가 들면 순발력이 떨어지고 감각이 둔해져 만사가 서툴러지는 법인데 아직 한창인 나이에 벌써부터 이러면 어쩌려는 건지 모르겠습니다. 나이가 들수록 편안한 것만을 쫓을 게 아니라 조금이라도 더 몸을 움직이고 머리를 써야 할 텐데 매사 아내에게 기대어 기본적인 것조차 스스로 해결하지 못하고 있으니 말입니다.

그렇습니다. 오늘 이렇게 장황스럽게 얘기했지만, 해답은 이미 나와 있는 거지요. 이제부터는 서투르지만 차츰 아내의 그늘에서 벗어나 사소한 것도 직접 부딪쳐 보는 수밖에요. 그래서 아내로부터의 독립을 쟁취해 보는 거지요. 모든 것을 혼자서 척척 해내는 그 날이 오기를 바라면서 말입니다.

아까시 꽃향기

　퇴근해서 저녁밥을 먹고 9시 뉴스를 대충 보고는 학의천 변을 걸으러 나가려는데 아내가 오늘 낮에 천변을 나갔었는데 아까시 꽃향기가 너무 좋으니 당신도 많이 맡아 보고 들어오라고 했습니다. 나는 속으로 '벌써 아까시 꽃이 핀 모양이구나.' 생각하며 조금 설레는 마음이 되어 집을 나섰습니다. 근 이십여 년을 오간 길이니 어디 쯤에 아까시나무가 있는지는 눈을 감고도 알 수 있지요.

　하지만 천변에 다다르기도 전에 이미 꽃향기가 바람을 타고 진동해 아까시 꽃나무가 있는 곳을 굳이 찾을 필요가 없습니다.

　천변을 산책하며 철 따라 피고 지는 꽃들을 보는 것은 내게 큰 즐거움 중 하나입니다. 아직 추위가 한창인 이른 초봄에 생강나무 꽃부터 시작해 목련, 개나리, 벚꽃, 라일락이 순서대로 피고 나면 이맘때쯤 이팝나무 꽃이 피고 아까시 꽃이 꽃망울을 터트리지요. 모든 꽃이 제각각의 아름다운 자태를 뽐내지만 향기만을 놓고 본다면 당연히 라일락과 아까시 꽃이 그 중에 으뜸입니다.

　라일락 꽃향기는 은은하지만 멀리까지 퍼져나가고,

아까시 꽃은 아주 강해서 지나가던 사람의 발길을 붙잡는 마력이 있지요. 오늘도 나는 아까시 꽃 아래서 꽃향기를 맡으며 한참을 서 있다가 향기를 한 아름 품고 집으로 돌아왔습니다.

철 따라 피는 꽃들은 언제나 내게 말없이 위로를 건네고 마음에 위안을 줍니다. 각박한 세상을 살아가며 이런 꽃들마저 볼 수 없다면 삶이 얼마나 삭막할까요. 어쩌면 매년 제철에 잠시 피었다 지는 꽃들 덕분에 내가 지금까지 이렇게 생기있는 삶을 지탱해 왔는지도 모른다는 생각을 해 봅니다.

꽃향기에 취해 구름 위를 걷듯 집으로 돌아와 대문을 여니 마치 무언가 큰 선물을 쥐 뿌듯한 표정을 한 아내가 나를 보며 웃고 있습니다. 오늘따라 아내의 얼굴이 아까시 꽃처럼 환합니다.

중용(中庸)을 되새기며

　오전 내내 내린 비에 오늘은 하루 종일 찌푸린 날씨입니다. 그래도 차츰 맑게 갠 날이 많아지는 걸 보니 요란하던 장마도 제 할 일을 마치고 이제 물러나려나 봅니다. 산책길에 불어오는 바람이 미약하지만 아직은 이마의 땀을 씻어 주기에 충분해 그저 고마운 생각이 듭니다. 장마가 오기 전에는 오랜 기간 가뭄 때문에 걱정이 많았는데 장마철이 되니 이제는 오히려 비가 너무 많이 와 여기저기서 물난리를 겪었습니다.

　봄철에는 적당히 비가 내려 해갈에 도움을 주고, 장맛비도 알맞게 내리면 물난리로 피해를 입을 일도 없을 텐데 세상일들이 언제나 그렇게 순탄하지만은 않습니다. 사람이 사는 일도 마찬가지입니다. 넘치지도 않고, 모자라지도 않게 중도(中道)를 지키며 살아가는 게 가장 좋은 삶의 방식인데 이게 쉬운 일이 아닙니다. 세상 모든 일이 종종 너무 과하거나 아니면 너무 부족해 사달이 나곤 합니다. 무엇이든 적당해야 하는데 그 적당이라는 말이 너무도 오묘해서 정도를 가늠하기가 어려우니 이쪽저쪽 균형을 잡기가 쉽지 않습니다.

요즘은 부드럽고 원만하게 해결할 수 있는 일들도 너무 쉽게 다시는 안 볼 것처럼 행동하는 경우가 많아져 삶은 점점 더 팍팍해지고, 인심은 더 각박해지는 것 같습니다.

오죽하면 공자께서도 인간이 살아가며 지켜야 할 예(禮)로 중용(中庸)을 아주 중요한 덕목으로 제시하며 실천하기를 권했을까요. 중용의 사상은 지나치거나 모자라지 아니하고 한쪽으로 치우치지도 아니한, 떳떳하며 변함이 없는 상태나 정도를 말하는데 공자가 살았던 춘추 전국시대에서 2300년이 지난 지금도 여전히 유효하다 못해 필수 불가결의 덕목입니다.

『논어』 선진편에 보면 자공이 공자에게 "자장과 자하 중에 누가 더 현명합니까?"하고 물은 적이 있습니다. 이 두 사람을 비교해 달라는 자공의 말에 공자는 "자장은 지나쳤고, 자하는 미치지 못했다"고 했습니다. "그러면 자장이 나은 것입니까?"하고 자공이 물으니 공자는 "지나침은 미치지 못함과 같으니라."하고 대답했습니다.

우리가 흔히 아는 과유불급(過猶不及)이라는 사자성어가 여기서 나왔습니다. 모든 사물이 정도를 지나치면 미치지 못한 것과 같다는 말로 역시 중용이 중요하다는 걸 일깨우는 말이지요.

공자가 살았던 시대에는 그나마 지금보다 훨씬 더 각박하지 않은 시대였을 텐데도 불구하고 이런 사상을 설파하며 실천하기를 권했는데 하물며 치열한 경쟁 속에 살고 있는 지금이야 말해 무엇하겠습니까.

요즘은 일상 속에서 적절한 균형을 이루어야 할 것들이 너무도 많으니 중용을 빼고는 미상불 정상적인 삶을 살기 어려운 시대에 우리는 살고 있습니다.

늦은 밤 산책길에 푸름을 자랑하며 보도에 늘어선 나무들을 봅니다. 매일 걸으며 눈에 넣었던 나무들이 오늘은 좀 다르게 다가오는 것 같습니다. 어쩌면 어쩌면 자연의 섭리에 순응해 지나침도 모자람도 없이 살아가는 나무들이야말로 중용의 덕목을 완벽히 실천하는 존재들이 아닐까 하는 생각을 해 봅니다. 오늘은 나무들에게서 삶의 지혜를 배웁니다.

쉬는 날

태풍 '송다'의 영향으로 종일 비가 내리고 있습니다. 후텁지근하지만 비 때문에 기온은 좀 떨어지고, 이따금 바람이 불어 지내기에는 그런대로 괜찮습니다. 오랜만에 오늘은 하루 종일 집 안에서 귀차니즘을 즐겼습니다. 평소대로 눈은 일찍 떴지만, 잠자리를 외면하지 못하고 뒤척거리다가 오전 열 시쯤 된장찌개로 아침 겸 점심을 대충 때우고 다시 귀차니즘 모드로 돌아갔습니다.

내리는 빗소리를 들으며 아무것도 하지 않고, 생각조차도 비우고, 방안에서 뒹구는 게 대체 얼마 만인지요. 평일엔 일 때문에 바쁘고, 주말에도 여백의 시간 없이 보내곤 했는데 오늘은 이렇게 빈둥거리며 시간을 허비하고 있습니다. 아니 시간을 허비하는 게 아니라 오히려 시간을 알차게 쓰고 있다고 표현하는 게 맞는 것 같습니다. 오늘 하루의 이 빈둥거림으로 인해 내게는 분명 새로운 에너지가 보충되고 상상력이 생기며 삶의 활력이 생길 테니까요. 가끔은 신체뿐만 아니라 생각조차도 온전히 쉬게 해야 진짜 쉬는 것이라는 생각을 해 봅니다.

그래서 요즘은 혹사당하는 뇌에 휴식을 주기 위해 '멍 때리기'라는 휴식이 유행하는 걸까요. 그냥 아무 생각 없이 머리를 비우고 멍하니 무언가를 바라보며 생각을 쉬게 하는 방법이지요. 내가 오늘 집 안에서 멍하니 빈둥거리는 것도 어쩌면 일종의 멍 때리는 휴식이라는 생각이 듭니다.

사람이 열정적으로 일하는 것도 중요하지만 그보다 더 중요한 건 휴식이지요. 그것도 어떻게 쉬느냐 하는 휴식의 질이 매우 중요합니다. 세상에는 질 좋은 휴식이 많지만 가끔은 오늘 같은 비생산적인 휴식도 필요한 거지요.

진짜 휴식을 위해서 오늘은 이 글조차도 쓰지 말고, 하루 종일 멍 때리고 있었어야 했는데 결국 또 유혹에 빠지고 말았습니다.

짧은 글, 서둘러 마무리하고 잠들기 전까지 빗소리를 들으며 다시 소리 멍을 즐겨봐야겠습니다.

비의 낭만은 잠시 잊기로 하자

천둥 번개가 치더니 또 요란하게 비가 내립니다. 올해는 비가 와도 너무 많이 옵니다. 중부지방에 큰비로 많은 피해가 나고 아까운 생명들을 앗아갔습니다. 유명을 달리한 분들이 거의 모두 하루하루를 죽을 힘을 다해 살아가는 소시민들이라 더 마음이 아픕니다.

나는 비 오는 날을 좋아합니다. 하지만 지금은 이런 한가한 소리를 할 상황이 아닙니다. 비록 나는 피해를 입지 않았지만 그렇지 않은 사람들을 생각하면 내리는 비를 보며 도저히 낭만을 떠올릴 수가 없습니다. 내가 아무리 비 오는 걸 좋아한다지만 이런 상황에서 그걸 즐긴다는 건 말이 안 되는 거지요. 물론 타고난 본능 때문에 이렇게 연달아 많은 비가 내려도 질리지 않는 건 사실입니다. 하지만 지금은 결코 비 내리는 낭만을 의식적으로 즐기지는 않으려고 합니다. 이제는 비가 그만 그치기를 간절히 바라는 마음도 여느 사람들과 같습니다.

아니할 말로 이런 큰 피해 중에도 아무도 모르게 나 혼자만 느끼는 감정이니 비 오는 걸 몰래 즐겨도 괜찮지 않을까 싶기도 하지만 단언컨대 나는 그럴 정도로 이기적인 사람이 아닙니다.

아주 작은 양심이라도 있다면 지금은 그럴 수가 없지요. 나도 이제는 그만 비가 그치고 하루빨리 피해가 복구되어 상처를 입은 분들의 마음이 아물기를 간절히 바라고 있습니다. 이건 내가 할 수 있는 그분들에 대한 최소한의 예의지요.

나는 수직으로 떨어지는 빗물을 무념무상의 상태로 물끄러미 바라보기를 좋아합니다. 조금의 망설임도 없이 내려앉는 빗줄기를 바라보고 있으면 마음속의 찌든 때가 깨끗이 씻기는 것 같고, 대지를 적시는 빗소리가 이유 없이 마음을 차분하게 가라앉히기 때문이지요. 또 다른 이유도 있겠지만 아마도 이게 내가 비 오는 걸 좋아하는 가장 큰 이유일 것 같습니다.

하지만 이젠 이런 마음은 한동안 잊고 지내야 합니다. 이번 큰비로 인한 수많은 아픔이 다 아물기까지는 말입니다. 아무려면 남의 아픔을 댓가로 내 즐거움을 도모할 수는 없는 거지요.

인상(2)

내 생김새를 설명하려 한다면 그건 아주 쉬운 일입니다. 1980년대 초쯤에 나왔던 영화 〈부시맨〉을 생각하면 되기 때문이지요.

내 얼굴이 부시맨을 닮았다는 것은 이십 대 초반 어느 미팅장소에서 처음 만난 여자에게서 듣고 알게 되었습니다. 미팅에서 여자들이 공공연히 부시맨을 닮았다고 할 정도로 당시에 나는 주변을 초토화하는 폭탄(?)으로의 위력을 발휘했습니다.

외모에 민감한 나이에 그것도 처음 보는 여자에게서 핵폭탄을 투하받은 그때 '떡실신'하지 않고 살아남은 것은 지금 생각해도 참 기적 같은 일이라는 생각이 듭니다.

착각도 유분수지, 그땐 부시맨이 명색이 영화배우인데 유명한 영화배우와 내가 닮았다는 것은 최소한 개성있게는 생긴 것이라고 생각하여 창피한 줄도 모르고 허풍 떨며 잘난 채 해 보았지만 '보기 좋은 떡이 먹기도 좋다'는 신념을 신줏단지 모시듯 하는 족속들에게 나는 번번이 척살당하기 일쑤였습니다. 내 생각엔 부시맨보다 내가 그래도 조금은 낫다고 생각되지만 젠

장 미운 오리 새끼 미스코리아 대회에 불과한 거지요. 내 얼굴 중에 솔직히 마음에 드는 구석이 한 군데나 있을까 싶습니다.

코는 작고 볼살이 없으니 광대뼈가 도드라져 너부데데하고, 입은 돌출되어 참말이지 부시맨과 친형제 간이라 해도 믿고 남을 만합니다. 거기에다 이제는 나이를 먹어 눈꺼풀까지 중력을 거스르지 못하니….

모양새가 반지르르하고, 말간하게 생겨 먹어 아직도 여자들에게 인기 좋은 인간들을 보면 이제 그런 것에 충분히 초월할 나이인데도 열등감이 물밀듯 밀려오는 것을 제어할 수 없습니다.

원판불변의 법칙은 만고불변의 진리인가? 그렇다면 난 엄청난 견적을 부담하며 대공사를 하지 않는 한 죽을 때까지 영원한 부시맨으로 살아가야 하는가!

하지만 참 희한한 일은 요즘 내 일터를 찾는 처음 보는 사람들에게서 내가 기대하지도 않았던 말을 종종 듣게 된다는 것이지요. 처음에는 그냥 접대용 멘트려니 생각했지만, 사람들에게 "참 인상이 좋다, 인상이 좋아 다시 찾아왔다."라는 말들을 들을 때면 칭찬은 구십 먹은 노인도 방방 뛰게 만든다는데 빈말이라도 살다 보니 별일이 다 있구나 생각되고, 원판불변의 법칙은 진리가 아니라 어쩌면 헛소리에 불과한 것이 아닐까 하는 꼬드김에 빠지게도 됩니다.

사십 대 이후에 듣는 최고의 찬사는 잘생겼다는 것 보다 인상이 좋다는 말입니다. 그건 그동안 살아온 삶이 얼굴에 담겨 있기 때문입니다. 사십 이후에 인상이 좋다는 말은 부모가 물려준 생김새를 뜻하는 것이 아닙니다. 물려받은 얼굴은 비록 못났더라도 참된 마음으로 살다 보면 그게 얼굴이라는 그릇에 담겨 인상으로 나타나는 거지요.

잘생겼다는 것과 인상이 좋다는 것은 차원이 다릅니다. 잘생긴 것은 타의에 의한 결과이고, 인상이 좋다는 것은 자의에 의해 생기는 것이니 둘을 놓고 비교한다면 후자에게 훨씬 더 의미가 깊습니다.

부모에게 물려받은 원판은 칼을 대지 않는 한 바꿀 수 없지만, 얼굴에서 풍기는 인상은 내가 여태껏 어떻게 살아왔느냐에 따라 바뀌는 것이니 생김새가 못생겼

다고 낙담할 이유는 없습니다. 그렇지만 농으로라도 잘
생겼다는 말을 한 번쯤 듣고 싶은 건 못생긴 남자들의
로망인 건 사실입니다.

앉은 자리에 풀 나게 살기

초판 1쇄 2023년 1월 31일

지은이 | 안천엽
펴낸곳 | 문학여행
발행인 | 고민정
주 소 | 서울특별시 서대문구 연희로37길 77-13 402호
홈페이지 | www.bookjour.com
이메일 | contact@bookjour.com
전 화 | 1600-2591
팩 스 | 0507-517-0001
원고투고 | edit@bookjour.com
출판등록 | 제2021-000020호

ISBN 979-11-88022-55-7 (03810)